André Breton

Nadja

Dossier réalisé par
Dominique Carlat

Lecture d'image par
Alain Jaubert

folioplus
classiques

Ancien élève de l'École normale supérieure de la rue d'Ulm, agrégé de lettres, **Dominique Carlat** est professeur à l'université Lyon 2 et dirige le centre de recherche « Passage XX-XXI ». Il travaille sur la littérature contemporaine et consacre ses recherches à la poésie moderne. Il a notamment publié chez José Corti *Ghérasim Luca l'intempestif*, aux mêmes éditions un texte sur le deuil chez quatre écrivains contemporains, *Témoins de l'inactuel*, et aux Éditions Gallimard le dossier des *Fleurs du mal* de Charles Baudelaire (« Folioplus classiques », n° 17).

Alain Jaubert est écrivain et réalisateur. Après avoir été enseignant dans des écoles d'art et journaliste, il est devenu aussi documentariste. Il est l'auteur de nombreux portraits d'écrivains ou de peintres contemporains pour la télévision. Il est également l'auteur-réalisateur de *Palettes*, une série de films diffusée depuis 1990 sur la chaîne Arte et consacrée à la lecture de grands tableaux de l'histoire de la peinture. En 2005, il fait paraître son premier roman aux Éditions Gallimard, *Val Paradis*.

Sommaire

Nadja

Toutes les notes sont d'André Breton, celles qui sont datées ont été ajoutées lors de la réédition du texte en 1963.

Si déjà, au cours de ce livre, l'acte d'écrire, plus encore de publier toute espèce de livre est mis au rang des vanités, que penser de la complaisance de son auteur à vouloir, tant d'années après, l'améliorer un tant soit peu dans sa forme! Il convient toutefois de faire la part, en bien ou mal venu dans celui-ci, de ce qui se réfère au clavier affectif et s'en remet tout à lui — c'est, bien entendu, l'essentiel — et de ce qui est relation au jour le jour, aussi impersonnelle que possible, de menus événements s'étant articulés les uns aux autres d'une manière déterminée (feuille de charmille de Lequier, à toi toujours!). Si la tentative de retoucher à distance l'expression d'un état émotionnel, faute de pouvoir au présent la revivre, se solde inévitablement par la dissonance et l'échec (on le vit assez avec Valéry, quand un dévorant souci de rigueur le porta à réviser ses « vers anciens »), il n'est peut-être pas interdit de vouloir obtenir un peu plus d'adéquation dans les termes et de fluidité par ailleurs.

Il peut tout spécialement en aller ainsi de Nadja, en raison d'un des deux principaux impératifs « anti-littéraires » auxquels cet ouvrage obéit: de même que l'abondante illustration photographique a pour objet d'éliminer toute description — celle-ci frappée d'inanité dans le Manifeste du surréalisme —, le ton adopté pour le récit se calque sur celui de l'observation médicale, entre toutes neuropsychiatrique, qui tend à garder trace de tout ce qu'examen et interrogatoire peuvent livrer, sans s'embarrasser en le rapportant du moindre apprêt quant au style. On observera, chemin faisant, que cette résolution, qui veille à n'altérer en rien le document « pris sur le vif », non moins qu'à la personne de Nadja s'applique ici à de tierces personnes comme à moi-même. Le dénuement volontaire d'un tel écrit a sans doute contribué au renouvellement de son audience en reculant son point de fuite au-delà des limites ordinaires.

Subjectivité et objectivité se livrent, au cours d'une vie humaine, une série d'assauts, desquels le plus souvent assez vite la première sort très mal en point. Au bout de trente-cinq ans (c'est sérieux, la patine), les légers soins dont je me résous à entourer la seconde ne témoignent que de quelque égard au mieux-dire, dont elle est seule à faire cas, le plus grand bien de l'autre — qui continue à m'importer davantage — résidant dans la lettre d'amour criblée de fautes et dans les « livres érotiques sans orthographe ».

Noël 1962.

Qui suis-je? Si par exception je m'en rapportais à un adage : en effet pourquoi tout ne reviendrait-il pas à savoir qui je « hante » ? Je dois avouer que ce dernier mot m'égare, tendant à établir entre certains êtres et moi des rapports plus singuliers, moins évitables, plus troublants que je ne pensais. Il dit beaucoup plus qu'il ne veut dire, il me fait jouer de mon vivant le rôle d'un fantôme, évidemment il fait allusion à ce qu'il a fallu que je cessasse d'être, pour être *qui* je suis. Pris d'une manière à peine abusive dans cette acception, il me donne à entendre que ce que je tiens pour les manifestations objectives de mon existence, manifestations plus ou moins délibérées, n'est que ce qui passe, dans les limites de cette vie, d'une activité dont le champ véritable m'est tout à fait inconnu. La représentation que j'ai du « fantôme » avec ce qu'il offre de conventionnel aussi bien dans son aspect que dans son aveugle soumission à certaines contingences d'heure et de lieu, vaut avant tout, pour moi, comme image finie d'un tourment qui peut être éternel. Il se peut que ma vie ne soit qu'une image de ce genre, et que je sois condamné à revenir sur mes pas tout en croyant que j'explore, à essayer de connaître ce que je devrais fort bien reconnaître, à apprendre une faible partie de ce que j'ai oublié. Cette vue sur moi-même ne me paraît fausse qu'au-

tant qu'elle me présuppose à moi-même, qu'elle situe arbi-
trairement sur un plan d'antériorité une figure achevée de
ma pensée qui n'a aucune raison de composer avec le
temps, qu'elle implique dans ce même temps une idée de
perte irréparable, de pénitence ou de chute dont le manque
de fondement moral ne saurait, à mon sens, souffrir aucune
discussion. L'important est que les aptitudes particulières
que je me découvre lentement ici-bas ne me distraient en
rien de la recherche d'une aptitude générale, qui me serait
propre et ne m'est pas donnée. Par-delà toutes sortes de
goûts que je me connais, d'affinités que je me sens, d'atti-
rances que je subis, d'événements qui m'arrivent et n'arrivent qu'à moi, par-delà quantité de mouvements que je me
vois faire, d'émotions que je suis seul à éprouver, je m'efforce, par rapport aux autres hommes, de savoir en quoi
consiste, sinon à quoi tient, ma <u>différenciation</u>. N'est-ce pas
dans la mesure exacte où je prendrai conscience de cette
différenciation que je me révélerai ce qu'entre tous les
autres je suis venu faire en ce monde et de quel message
unique je suis porteur pour ne pouvoir répondre de son
sort que sur ma tête ?

C'est à partir de telles réflexions que je trouve souhaitable que la critique, renonçant, il est vrai, à ses plus chères
prérogatives, mais se proposant, à tout prendre, un but
moins vain que celui de la mise au point toute mécanique
des idées, se borne à de savantes incursions dans le
domaine qu'elle se croit le plus interdit et qui est, en
dehors de l'œuvre, celui où la personne de l'auteur, en
proie aux menus faits de la vie courante, s'exprime en toute
indépendance, d'une manière souvent si distinctive. Le souvenir de cette anecdote : Hugo, vers la fin de sa vie, refai-
sant avec Juliette Drouet pour la millième fois la même

promenade et n'interrompant sa méditation silencieuse qu'au passage de leur voiture devant une propriété à laquelle donnaient accès deux portes, une grande, une petite, pour désigner à Juliette la grande : « Porte cavalière, madame » et l'entendre, elle, montrant la petite, répondre : « Porte piétonne, monsieur » ; puis, un peu plus loin, devant deux arbres entrelaçant leurs branches, reprendre : « Philémon et Baucis », sachant qu'à cela Juliette ne répondrait pas, et l'assurance qu'on nous donne que cette poignante cérémonie s'est répétée quotidiennement pendant des années, comment la meilleure étude possible de l'œuvre de Hugo nous donnerait-elle à ce point l'intelligence et l'étonnante sensation de ce qu'il était, de ce qu'il est ? Ces deux portes sont comme le miroir de sa force et celui de sa faiblesse, on ne sait lequel est celui de sa petitesse, lequel celui de sa grandeur. Et que nous ferait tout le génie du monde s'il n'admettait près de lui cette adorable correction qui est celle de l'amour, et tient toute dans la réplique de Juliette ? Le plus subtil, le plus enthousiaste commentateur de l'œuvre de Hugo ne me fera jamais rien partager qui vaille ce sens suprême de la *proportion*. Comme je me louerais de posséder sur chacun des hommes que j'admire un document privé de la valeur de celui-là. À défaut, je me contenterais encore de documents d'une valeur moindre et peu capables de se suffire à eux-mêmes du point de vue affectif. Je ne porte pas de culte à Flaubert et cependant, si l'on m'assure que de son propre aveu il n'a voulu avec *Salammbô* que « donner l'impression de la couleur jaune », avec *Madame Bovary* que « faire quelque chose qui fût de la couleur de ces moisissures des coins où il y a des cloportes » et que tout le reste lui était bien égal, ces préoccupations somme toute extra-littéraires me disposent en sa faveur. La magnifique lumière des tableaux de Courbet est pour moi celle de la place Vendôme, à l'heure où la colonne tomba.

De nos jours, un homme comme Chirico, s'il consentait à livrer intégralement et, bien entendu, sans art, en entrant dans les plus infimes, aussi dans les plus inquiétants détails, le plus clair de ce qui le fit agir jadis, quel pas ne ferait-il pas faire à l'exégèse! Sans lui, que dis-je, malgré lui, au seul moyen de ses toiles d'alors et d'un cahier manuscrit que j'ai entre les mains, il ne saurait être question de reconstituer qu'imparfaitement l'univers qui fut le sien, jusqu'en 1917. C'est un grand regret que de ne pouvoir combler cette lacune, que de ne pouvoir pleinement saisir tout ce qui, dans un tel univers, va contre l'ordre prévu, dresse une nouvelle échelle des choses. Chirico a reconnu alors qu'il ne pouvait peindre que *surpris* (surpris le premier) par certaines dispositions d'objets et que toute l'énigme de la révélation tenait pour lui dans ce mot: surpris. Certes l'œuvre qui en résultait restait « liée d'un lien étroit avec ce qui avait provoqué sa naissance », mais ne lui ressemblait qu'« à la façon étrange dont se ressemblent deux frères, ou plutôt l'image en rêve d'une personne déterminée et cette personne réelle. C'est, en même temps ce n'est pas, la même personne; une légère et mystérieuse transfiguration s'observe dans les traits ». En deçà de ces dispositions d'objets qui présentèrent pour lui une flagrance particulière, encore y aurait-il lieu de fixer l'attention critique sur ces objets eux-mêmes et de rechercher pourquoi, en si petit nombre, ce sont eux qui ont été appelés à se disposer de la sorte. On n'aura rien dit de Chirico tant qu'on n'aura pas rendu compte de ses vues les plus subjectives sur l'artichaut, le gant, le gâteau sec ou la bobine. Que ne peut-on, en pareille matière, compter sur sa collaboration[1]!

En ce qui me concerne, plus importantes encore que

---

1. Peu après, Chirico devait, dans une large mesure, accéder à ce désir (cf. *Hebdomeros*, éd. du Carrefour, Paris, 1929). (1962.)

pour l'esprit la rencontre de certaines dispositions de choses m'apparaissent les dispositions d'un esprit à l'égard de certaines choses, ces deux sortes de dispositions régissant à elles seules toutes les formes de la sensibilité. C'est ainsi que je me trouve avec Huysmans, le Huysmans d'*En rade* et de *Là-bas* des manières si communes d'apprécier tout ce qui se propose, de choisir avec la partialité du désespoir parmi ce qui est, que si à mon grand dépit je n'ai pu le connaître que par son œuvre, il m'est peut-être le moins étranger de mes amis. Mais aussi n'a-t-il pas fait plus que tout autre pour mener à son terme extrême cette discrimination nécessaire, *vitale*, entre l'anneau, d'apparence si fragile, qui peut nous être de tout secours et l'appareil vertigineux des forces qui se conjurent pour nous faire couler à pic ? Il m'a fait part de cet ennui vibrant que lui causèrent à peu près tous les spectacles ; nul avant lui n'a su, sinon me faire assister à ce grand éveil du machinal sur le terrain ravagé des possibilités conscientes, du moins me convaincre humainement de son absolue fatalité, et de l'inutilité d'y chercher pour moi-même des échappatoires. Quel gré ne lui sais-je pas de m'informer, sans souci de l'effet à produire, de tout ce qui le concerne, de ce qui l'occupe, à ses heures de pire détresse, d'extérieur à sa détresse, de ne pas, comme trop de poètes, « chanter » absurdement cette détresse, mais de m'énumérer avec patience, dans l'ombre, les minimes raisons tout involontaires qu'il se trouve encore d'être, et d'être, il ne sait trop pour qui, celui qui parle ! Il est, lui aussi, l'objet d'une de ces sollicitations perpétuelles qui semblent venir du dehors, et nous immobilisent quelques instants devant un de ces arrangements fortuits, de caractère plus ou moins nouveau, dont il semble qu'à bien nous interroger nous trouverions en nous le secret. Comme je le sépare, est-il besoin de le dire, de tous les empiriques du roman qui prétendent mettre en scène des personnages distincts d'eux-mêmes et les campent physiquement, moralement, à leur manière, pour les besoins de quelle cause on préfère ne pas le savoir. D'un personnage réel, duquel ils croient avoir quelque aperçu, ils font deux personnages de leur histoire ; de deux, sans plus de gêne, ils en font un. Et l'on se donne la peine de discuter ! Quelqu'un suggérait à un auteur de ma connaissance, à propos d'un ouvrage de lui qui allait paraître et dont l'héroïne pouvait trop bien être reconnue, de changer au moins *encore* la couleur de ses cheveux. Blonde, elle eût chance, paraît-il, de ne pas trahir une femme brune. Eh bien, je ne trouve pas cela enfantin, je trouve cela scandaleux. Je persiste à réclamer les noms, à ne m'intéresser qu'aux livres qu'on laisse battants comme des portes, et desquels on n'a pas à chercher la clef. Fort heureusement les jours de la littérature psychologique à affabulation romanesque sont comptés. Je m'assure que le coup dont elle ne se relèvera pas lui a été porté par Huysmans. Pour moi, je continuerai à habiter ma maison de verre, où l'on peut voir à toute heure qui vient me rendre visite, où tout ce qui est suspendu aux plafonds et aux murs tient comme par enchantement, où je repose la nuit sur un lit de verre aux draps de verre, où *qui je suis* m'apparaîtra tôt ou tard gravé au diamant. Certes, rien ne me subjugue tant que la disparition totale de Lautréamont derrière son œuvre et j'ai toujours présent à l'esprit son inexorable : « Tics, tics et tics. » Mais il reste pour moi quelque chose de surnaturel dans les circonstances d'un effacement humain aussi complet. Il serait par trop vain d'y prétendre et je me persuade aisément que cette ambition, de la part de ceux qui se retranchent derrière elle, ne témoigne de rien que de peu honorable.

Je n'ai dessein de relater, en marge du récit que je vais entreprendre, que les épisodes les plus marquants de ma vie *telle que je peux la concevoir hors de son plan organique*, soit dans la mesure même où elle est livrée aux hasards, au plus petit comme au plus grand, où regimbant contre l'idée commune que je m'en fais, elle m'introduit dans un monde comme défendu qui est celui des rapprochements soudains, des pétrifiantes coïncidences, des réflexes primant tout autre essor du mental, des accords plaqués comme au piano, des éclairs qui feraient voir, mais alors *voir*, s'ils n'étaient encore plus rapides que les autres. Il s'agit de faits de valeur intrinsèque sans doute peu contrôlable mais qui, par leur caractère absolument inattendu, violemment incident, et le genre d'associations d'idées suspectes qu'ils éveillent, une façon de vous faire passer du fil de la Vierge à la toile d'araignée, c'est-à-dire à la chose qui serait au monde la plus scintillante et la plus gracieuse, n'était au coin, ou dans les parages, l'araignée ; il s'agit de faits qui, fussent-ils de l'ordre de la constatation pure, présentent chaque fois toutes les apparences d'un signal, sans qu'on puisse dire au juste de quel signal, qui font qu'en pleine solitude, je me découvre d'invraisemblables complicités, qui me convainquent de mon illusion toutes les fois que je me crois seul à la barre du navire. Il y aurait à hiérarchiser ces faits, du plus simple au plus complexe, depuis le mouvement spécial, indéfinissable, que provoque de notre part la vue de très rares objets ou notre arrivée dans tel et tel lieux, accompagnées de la sensation très nette que pour nous quelque chose de grave, d'essentiel, en dépend, jusqu'à l'absence complète de paix avec nous-mêmes que nous valent certains enchaînements, certains concours de circonstances qui passent de loin notre entendement, et n'admettent notre retour à une activité raisonnée que si, dans la plupart des cas, nous en appelons à l'instinct de conservation. On pour-

rait établir quantité d'intermédiaires entre ces faits-glis-
sades et ces faits-précipices. De ces faits, dont je n'arrive à
être pour moi-même que le témoin hagard, aux autres faits,
dont je me flatte de discerner les tenants et, dans une certaine mesure, de présumer les aboutissants, il y a peut-être
la même distance que d'une de ces affirmations ou d'un de
ces ensembles d'affirmations qui constitue la phrase ou le
texte «automatique» à l'affirmation ou l'ensemble d'affirmations que, pour le même observateur, constitue la
phrase ou le texte dont tous les termes ont été par lui
mûrement réfléchis, et pesés. Sa responsabilité ne lui
semble pour ainsi dire pas engagée dans le premier cas, elle
est engagée dans le second. Il est, en revanche, infiniment
plus surpris, plus fasciné par ce qui passe là que par ce qui
passe ici. Il en est aussi plus fier, ce qui ne laisse pas d'être
singulier, il s'en trouve plus libre. Ainsi en va-t-il de ces sensations électives dont j'ai parlé et dont la part d'incommu-
nicabilité même est une source de plaisirs inégalables.

Qu'on n'attende pas de moi le compte global de ce qu'il
m'a été donné d'éprouver dans ce domaine. Je me bornerai
ici à me souvenir sans effort de ce qui, ne répondant à
aucune démarche de ma part, m'est quelquefois advenu, de
ce qui me donne, m'arrivant par des voies insoupçonnables,
la mesure de la grâce et de la disgrâce particulières dont je
suis l'objet; j'en parlerai sans ordre préétabli, et selon le
caprice de l'heure qui laisse surnager ce qui surnage.

Je prendrai pour point de départ l'hôtel des Grands
Hommes, place du Panthéon, où j'habitais vers 1918, et
pour étape le Manoir d'Ango à Varengeville-sur-Mer, où je
me trouve en août 1927 toujours le même décidément, le

Je prendrai pour point de départ l'hôtel des Grands Hommes... (p. 16).

Manoir d'Ango, le colombier… (p. 16).

Manoir d'Ango où l'on m'a offert de me tenir, quand je voudrais ne pas être dérangé, dans une cahute masquée artificiellement de broussailles, à la lisière d'un bois, et d'où je pourrais, tout en m'occupant par ailleurs à mon gré, chasser au grand duc. (Était-il possible qu'il en fût autrement, dès lors que je voulais écrire *Nadja* ?) Peu importe que, de-ci de-là, une erreur ou une omission minime, voire quelque confusion ou un oubli sincère jettent une ombre sur ce que je raconte, sur ce qui, dans son ensemble, ne saurait être sujet à caution. J'aimerais enfin qu'on ne ramenât point de tels accidents de la pensée à leur *injuste* proportion de faits divers et que si je dis, par exemple, qu'à Paris la statue d'Étienne Dolet, place Maubert, m'a toujours tout ensemble attiré et causé un insupportable malaise, on n'en déduisît pas immédiatement que je suis, en tout et pour tout, justiciable de la psychanalyse, méthode que j'estime et dont je pense qu'elle ne vise à rien moins qu'à expulser l'homme de lui-même, et dont j'attends d'autres exploits que des exploits d'huissier. Je m'assure, d'ailleurs, qu'elle n'est pas en état de s'attaquer à de tels phénomènes, comme, en dépit de ses grands mérites, c'est déjà lui faire trop d'honneur que d'admettre qu'elle épuise le problème du rêve ou qu'elle n'occasionne pas simplement de nouveaux manquements d'actes à partir de son explication des actes manqués. J'en arrive à ma propre expérience, à ce qui est pour moi sur moi-même un sujet à peine intermittent de méditations et de rêveries.

Le jour de la première représentation de *Couleur du Temps*, d'Apollinaire, au Conservatoire Renée Maubel, comme à l'entracte je m'entretenais au balcon avec Picasso, un jeune homme s'approche de moi, balbutie quelques mots, finit par me faire entendre qu'il m'avait pris pour un

(Photo Coll. Georges Sirot)

Si je dis qu'à Paris la statue d'Étienne Dolet, place Maubert, m'a toujours tout ensemble attiré et causé un insupportable malaise... (p. 19).

de ses amis, tenu pour mort à la guerre. Naturellement, nous en restons là. Peu après, par l'intermédiaire de Jean Paulhan, j'entre en correspondance avec Paul Éluard sans qu'alors nous ayons la moindre représentation physique l'un de l'autre. Au cours d'une permission, il vient me voir : c'est lui qui s'était porté vers moi à *Couleur du Temps*.

Les mots BOIS-CHARBONS qui s'étalent à la dernière page des *Champs magnétiques* m'ont valu, tout un dimanche où je me promenais avec Soupault, de pouvoir exercer un talent bizarre de prospection à l'égard de toutes les boutiques qu'ils servent à désigner. Il me semble que je pouvais dire, dans quelque rue qu'on s'engageât, à quelle hauteur sur la droite, sur la gauche, ces boutiques apparaîtraient. Et que cela se vérifiait toujours. J'étais averti, guidé, non par l'image hallucinatoire des mots en question, mais bien par celle d'un de ces rondeaux de bois qui se présentent en coupe, peints sommairement par petits tas sur la façade, de part et d'autre de l'entrée, et de couleur uniforme avec un secteur plus sombre. Rentré chez moi, cette image continua à me poursuivre. Un air de chevaux de bois, qui venait du carrefour Médicis, me fit l'effet d'être encore cette bûche. Et, de ma fenêtre, aussi le crâne de Jean-Jacques Rousseau, dont la statue m'apparaissait de dos et à deux ou trois étages au-dessous de moi. Je reculai précipitamment, pris de peur.

Toujours place du Panthéon, un soir, tard. On frappe. Entre une femme dont l'âge approximatif et les traits aujourd'hui m'échappent. En deuil, je crois. Elle est en quête d'un numéro de la revue *Littérature*, que quelqu'un lui a fait promettre de rapporter à Nantes, le lendemain. Ce

(Photo Man Ray)

Paul Éluard… (p. 21).

(Photo J.-A. Boiffard)

Les mots : BOIS-CHARBONS… (p. 21).

(Photo Man Ray)

Quelques jours plus tard, Benjamin Péret était là… (p. 25).

numéro n'a pas encore paru mais j'ai peine à l'en convaincre. Il apparaît bientôt que l'objet de sa visite est de me « recommander » la personne qui l'envoie et qui doit bientôt venir à Paris, s'y fixer. (J'ai retenu l'expression : « qui voudrait se lancer dans la littérature » que depuis lors, sachant à qui elle s'appliquait, j'ai trouvée si curieuse, si émouvante.) Mais qui me donnait-on charge ainsi, plus que chimériquement, d'accueillir, de conseiller ? Quelques jours plus tard, Benjamin Péret était là.

Nantes : peut-être avec Paris la seule ville de France où j'ai l'impression que peut m'arriver quelque chose qui en vaut la peine, où certains regards brûlent pour eux-mêmes de trop de feux (je l'ai constaté encore l'année dernière, le temps de traverser Nantes en automobile et de voir cette femme, une ouvrière, je crois, qu'accompagnait un homme, et qui a levé les yeux : j'aurais dû m'arrêter), où pour moi la cadence de la vie n'est pas la même qu'ailleurs, où un esprit d'aventure au-delà de toutes les aventures habite encore certains êtres, Nantes, d'où peuvent encore me venir des amis, Nantes où j'ai aimé un parc : le parc de Procé.

Je revois maintenant Robert Desnos à l'époque que ceux d'entre nous qui l'ont connue appellent l'*époque des sommeils*. Il « dort », mais il écrit, il parle. C'est le soir, chez moi, dans l'atelier, au-dessus du cabaret du Ciel. Dehors, on crie : « On entre, on entre, au Chat Noir ! » Et Desnos continue à voir ce que je ne vois pas, ce que je ne vois qu'au fur et à mesure qu'il me le montre. Pour cela souvent il emprunte la personnalité de l'homme vivant le plus rare, le plus infixable, le plus décevant, l'auteur du *Cimetière des uniformes et livrées*, Marcel Duchamp qu'il n'a jamais vu dans la

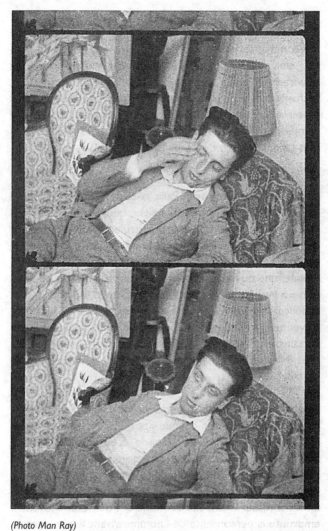

(Photo Man Ray)

Je revois maintenant Robert Desnos… (p. 25).

réalité. Ce qui passait de Duchamp pour le plus inimitable à travers quelques mystérieux «jeux de mots» (Rrose Sélavy) se retrouve chez Desnos dans toute sa pureté et prend soudain une extraordinaire ampleur. Qui n'a pas vu son crayon poser sur le papier, sans la moindre hésitation et avec une rapidité prodigieuse, ces étonnantes équations poétiques, et n'a pu s'assurer comme moi qu'elles ne pouvaient avoir été préparées de plus longue main, même s'il est capable d'apprécier leur perfection technique et de juger du merveilleux coup d'aile, ne peut se faire une idée de tout ce que cela engageait alors, de la valeur absolue d'oracle que cela prenait. Il faudrait que l'un de ceux qui ont assisté à ces séances innombrables prît la peine de les décrire avec précision, de les situer dans leur véritable atmosphère. Mais l'heure n'est pas venue où l'on pourra les évoquer sans passion. De tant de rendez-vous que, les yeux fermés, Desnos m'a donnés pour plus tard avec lui, avec quelqu'un d'autre ou avec moi-même, il n'en est pas un que je me sente encore le courage de manquer, pas un seul, au lieu et à l'heure les plus invraisemblables, où je ne sois sûr de trouver qui il m'a dit.

On peut, en attendant, être sûr de me rencontrer dans Paris, de ne pas passer plus de trois jours sans me voir aller et venir, vers la fin de l'après-midi, boulevard Bonne-Nouvelle entre l'imprimerie du *Matin* et le boulevard de Strasbourg. Je ne sais pourquoi c'est là, en effet, que mes pas me portent, que je me rends presque toujours sans but déterminé, sans rien de décidant que cette donnée obscure, à savoir que c'est là que se passera *cela* (?) Je ne vois guère, sur ce rapide parcours, ce qui pourrait, même à mon insu, constituer pour moi un pôle d'attraction, ni dans l'espace ni dans le temps. Non : pas même la très belle et très inutile

(Photo J.-A. Boiffard)

Non : pas même la très belle et très inutile Porte Saint-Denis... (p. 27).

Porte Saint-Denis. Pas même le souvenir du huitième et dernier épisode d'un film que j'ai vu passer là, tout près, durant lequel un Chinois, qui avait trouvé je ne sais quel moyen de se multiplier, envahissait New York à lui seul, à quelques millions d'exemplaires de lui seul. Il entrait, suivi de lui-même, et de lui-même, et de lui-même, et de lui-même, dans le bureau du président Wilson, qui ôtait son binocle. Ce film, de beaucoup celui qui m'a le plus frappé, s'appelait : *L'Étreinte de la Pieuvre*.

Avec ce système qui consiste, avant d'entrer dans un cinéma, à ne jamais consulter le programme — ce qui, du reste, ne m'avancerait guère, étant donné que je n'ai pu retenir les noms de plus de cinq ou six interprètes — je cours évidemment le risque de plus « mal tomber » qu'un autre, bien qu'ici je doive confesser mon faible pour les films français les plus complètement idiots. Je *comprends*, du reste, assez mal, je *suis* trop vaguement. Parfois cela finit par me gêner, alors j'interroge mes voisins. N'empêche que certaines salles de cinéma du dixième arrondissement me paraissent être des endroits particulièrement indiqués pour que je m'y tienne, comme au temps où, avec Jacques Vaché, à l'orchestre de l'ancienne salle des « Folies-Dramatiques », nous nous installions pour dîner, ouvrions des boîtes, taillions du pain, débouchions des bouteilles et parlions haut comme à table, à la grande stupéfaction des spectateurs qui n'osaient rien dire.

Le « Théâtre Moderne », situé au fond du passage de l'Opéra aujourd'hui détruit, outre que les pièces qu'on y représentait avaient encore moins d'importance, répondait on ne peut mieux à mon idéal, dans ce sens. Le jeu déri-

Cⁱᵉ Gᵗᵉ FRANÇAISE DE CINÉMATOGRAPHIE

AGENCE GÉNÉRALE CINÉMATOGRAPHIQUE
16, Rue Grange-Batelière, PARIS

L'Étreinte de la Pieuvre

Grand Sérial mystérieux en 15 épisodes,
Interprété par BEN WILSON et NEVA GERBER.

Cinquième épisode : L'Œil de Satan

Quelle situation épouvantable que celle de Ruth et de Carter entraînés tous deux dans le wagon détaché du train vers l'abîme ! Le pont mobile est ouvert, la voiture qui enferme les deux jeunes gens va se trouver précipitée dans le fleuve. Heureusement, Carter arrive à manœuvrer le frein de la voiture : une fraction de seconde plus tard, et elle plongeait dans les flots.

Mais ses Zélateurs de Satan guettaient. Leur ruse infernale ayant échoué, ils se ruent sur Carter : il est jeté dans le fleuve. Quant à Ruth, elle est ligotée, bâillonnée et emmenée en automobile à San Francisco, chez Hop Lee, émissaire du Dr Wang Foo.

Carter est un intrépide nageur. Il arrive à remonter à la surface des eaux, à revenir sur la berge, et la Providence fait que son fidèle lieutenant Sandy Mac Nab, auquel il avait donné l'ordre de le suivre en automobile, apparaît et l'aide à monter dans la voiture. Carter et Sandy filent à toute allure vers San Francisco.

Là, Carter débarque à l'hôtel Wellington où les Zélateurs de Satan ont tôt fait de le dépister. Lui ne songe qu'à retrouver Ruth. Or, dans l'hôtel, il rencontre Jean Al Kasim qui lui donne un renseignement précieux : Mᵐᵉ Zora, la femme qui voulait tuer Ruth, se trouve logée justement dans la chambre voisine de celle de Carter. Peut-être, en surprenant une conversation de cette femme avec ses complices, Carter arrivera-t-il à découvrir la retraite de Ruth. Carter écoute. Il apprend que la jeune fille est cachée dans le quartier chinois. Il surprend le mot de passe des conjurés, qui est : « L'Œil de Satan. » Il s'est procuré un masque noir identique à celui de L'Homme au Masque, et il pourrait, en passant pour ce dernier, sauver la jeune fille, s'il connaissait plus précisément la place où elle est séquestrée.

Mais il faut commencer les recherches. Carter se rend au bureau du chef de la police. Là un étrange appel téléphonique lui révèle ce qu'il désirait tant savoir. En effet, Ruth Stanhope, qui est entre les mains de Hop Lee, a usé d'un habile stratagème : sans éveiller l'attention de son gardien, elle a soulevé le récepteur de l'appareil et demandé la communication avec le bureau de la police, et c'est elle-même qui, au téléphone, révèle à

Ce film, de beaucoup celui qui m'a le plus frappé... (p. 29).

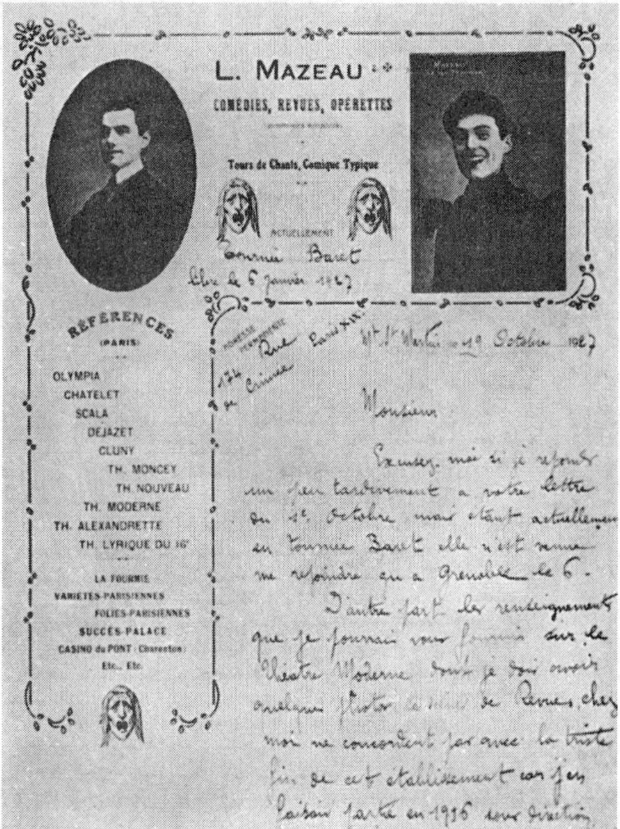

L. MAZEAU

COMÉDIES, REVUES, OPÉRETTES

Tours de Chants, Comique Typique

ACTUELLEMENT

Tournée Baret

libre le 6 janvier 1927

RÉFÉRENCES

(PARIS)

OLYMPIA
CHATELET
SCALA
DÉJAZET
CLUNY
TH. MONCEY
TH. NOUVEAU
TH. MODERNE
TH. ALEXANDRETTE
TH. LYRIQUE DU 16e

LA FOURMI
VARIÉTÉS-PARISIENNES
FOLIES-PARISIENNES
SUCCÈS-PALACE
CASINO du PONT (Charenton)
Etc., Etc.

Mt St Martin, le 1er Octobre 1927

Monsieur,

Excusez-moi si je réponds un peu tardivement à votre lettre du 1er octobre mais étant actuellement en tournée Baret elle n'est venue me rejoindre qu'à Grenoble le 6.

D'autre part les renseignements que je pourrais vous fournir sur le Théâtre Moderne dont je dois avoir quelques photos de Revues chez moi ne concordent pas avec la triste fin de cet établissement car j'en faisais partie en 1916 sous direction

À propos du Théâtre Moderne… (p. 29).

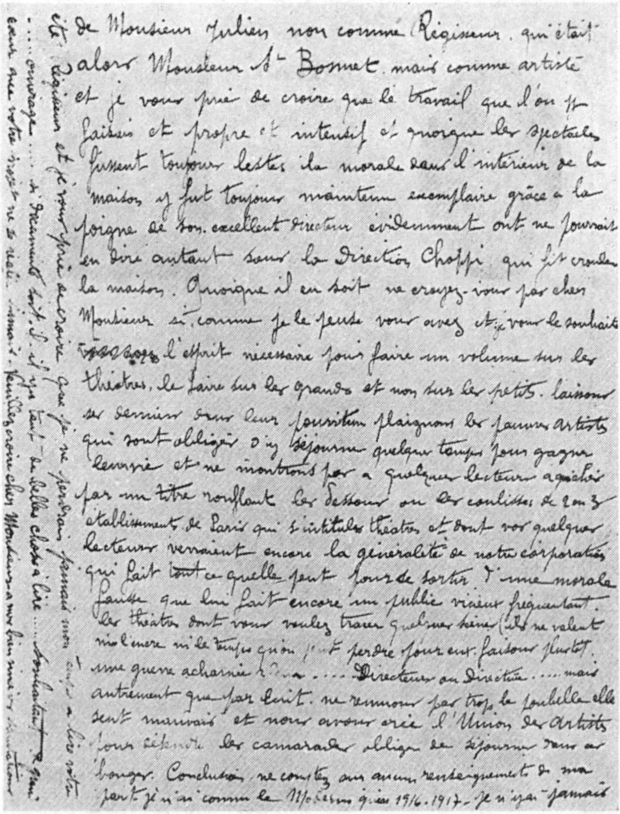

de Monsieur Julien non comme Régisseur, qui était
alors Monsieur St Bonnet mais comme artiste
et je vous prie de croire que le travail que l'on y
faisait était propre et intensif et quoique les spectacles
fussent toujours lestes la morale dans l'intérieur de la
maison y fut toujours maintenue exemplaire grâce à la
poigne de son excellent directeur évidemment on ne pourrait
en dire autant sous la direction Choppi qui fit crouler
la maison. Quoique il en soit ne croyez-vous pas cher
Monsieur si, comme je le pense vous avez et je vous le souhaite
[illegible] l'esprit nécessaire pour faire un volume sur les
théâtres, le faire sur les grands et non sur les petits. laissons
ces derniers dans leur pourriture plaignons les pauvres artistes
qui sont obligés d'y séjourner quelque temps pour gagner
leur vie et ne montrons pas à quelques lecteurs aguichés
par un titre ronflant les dessous ou les coulisses de 2 ou 3
établissements de Paris qui s'intitulent théâtres et dont vos quelques
lecteurs verraient encore la généralité de notre corporation
qui fait tout ce qu'elle peut pour se sortir d'une morale
fausse que lui fait encore un public vicieux fréquentant
les théâtres dont vous voulez tracer quelques scènes (ils ne valent
ni l'encre ni le temps qu'on peut perdre pour eux. faisons plutôt
une guerre acharnée à [illegible] .... Directeurs ou Direction ..... mais
autrement que par écrit. ne remuons pas trop la poubelle elle
sent mauvais et nous avons créé l'Union des Artistes
pour défendre les camarades obligés de séjourner dans ces
bouges. Conclusion ne comptez sur aucun renseignements de ma
part je n'ai connu le Moderne qu'en 1916.1917 – je n'y ai jamais

À propos du Théâtre Moderne… (p. 29).

soire des acteurs, ne tenant qu'un compte très relatif de
leur rôle, ne se souciant qu'à peine les uns des autres et
tout occupés à se créer des relations dans le public com-
posé d'une quinzaine de personnes tout au plus, ne m'y fit
jamais que l'effet d'une toile de fond. Mais que retrouverai-
je pour cette image la plus fugace et la plus alertée de moi-
même, pour cette image dont je m'entretiens, qui vaille
l'accueil de cette salle aux grandes glaces usées, décorées
vers le bas de cygnes gris glissant dans des roseaux jaunes,
aux loges grillagées, privées tout à fait d'air, de lumière, si
peu rassurantes, de cette salle où durant le spectacle des
rats furetaient, vous frôlant le pied, où l'on avait le choix, en
arrivant, entre un fauteuil défoncé et un fauteuil renver-
sable ! Et du premier au second acte, car il était par trop
complaisant d'attendre le troisième, que reverrai-je jamais
de ces yeux qui l'ont vu le « bar » du premier étage, si
sombre lui aussi, avec ses impénétrables tonnelles, « un
salon au fond d'un lac », oui vraiment ? À y être revenu souvent, j'ai gagné, au prix de tant d'horreurs dont les pires
imaginées, de me souvenir d'un couplet parfaitement pur.
C'est une femme, par extraordinaire jolie, qui chantait :

> La maison de mon cœur est prête
> Et ne s'ouvre qu'à l'avenir.
> Puisqu'il n'est rien que je regrette,
> Mon bel époux, tu peux venir[1].

J'ai toujours incroyablement souhaité de rencontrer la
nuit, dans un bois, une femme belle et nue, ou plutôt, un tel
souhait une fois exprimé ne signifiant plus rien, je regrette
incroyablement de ne pas l'avoir rencontrée. Supposer une
telle rencontre n'est pas si délirant, somme toute : il se

---

1. Variante : *Amour nouveau, tu peux venir.*

pourrait. Il me semble que *tout* se fût arrêté net, ah! je n'en serais pas à écrire ce que j'écris. J'adore cette situation qui est, entre toutes, celle où il est probable que j'eusse le plus manqué de *présence d'esprit*. Je n'aurais même pas eu, je crois, celle de fuir. (Ceux qui rient de cette dernière phrase sont des porcs.) À la fin d'un après-midi, l'année dernière, aux galeries de côté de l'«Électric-Palace», une femme nue, qui ne devait avoir eu à se défaire que d'un manteau, allait bien d'un rang à l'autre, très blanche. C'était déjà bouleversant. Loin, malheureusement, d'être assez extraordinaire, ce coin de l'«Électric» étant un lieu de débauche sans intérêt.

Mais, pour moi, descendre vraiment dans les bas-fonds de l'esprit, là où il n'est plus question que la nuit tombe et se relève (c'est donc le jour?) c'est revenir rue Fontaine, au «Théâtre des Deux-Masques» qui depuis lors a fait place à un cabaret. Bravant mon peu de goût pour les planches, j'y suis allé jadis, sur la foi que la pièce qu'on y jouait ne pouvait être mauvaise, tant la critique se montrait acharnée contre elle, allant jusqu'à en réclamer l'interdiction. Entre les pires du genre «Grand-Guignol» qui constituaient tout le répertoire de cette salle, elle avait paru gravement déplacée: on conviendra que ce n'était pas là une médiocre recommandation. Je ne tarderai pas davantage à dire l'admiration sans borne que j'ai éprouvée pour *Les Détraquées*, qui reste et restera longtemps la seule œuvre dramatique (j'entends: faite uniquement pour la scène) dont je veuille me souvenir. La pièce, j'y insiste, ce n'est pas un de ses côtés les moins étranges, perd presque tout à n'être pas *vue*, tout au moins chaque intervention de personnage à ne pas être mimée. Ces réserves faites, il ne me semble pas autrement vain d'en exposer le sujet.

L'action a pour cadre une institution de jeunes filles: le rideau se lève sur le cabinet de la directrice. Cette per-

sonne, blonde, d'une quarantaine d'années, d'allure impo-
sante, est seule et manifeste une grande nervosité. On est à
la veille des vacances et elle attend avec anxiété l'arrivée de
quelqu'un : « Et Solange qui devrait être là… » Elle marche
fébrilement à travers la pièce, touchant les meubles, les
papiers. Elle va de temps à autre à la fenêtre qui donne sur
le jardin où la récréation vient de commencer. On a
entendu la cloche, puis de-ci de-là des cris joyeux de
fillettes qui se perdent aussitôt dans le lointain brouhaha.
Un jardinier hébété, qui hoche la tête et s'exprime d'une
manière intolérable, avec d'immenses retards de compréhension et des vices de prononciation, le jardinier du pen-
sionnat, se tient maintenant près de la porte, ânonnant des
paroles vagues et ne semblant pas disposé à s'en aller. Il
revient de la gare et n'a pas trouvé Mlle Solange à la descente du train : « Mad-moisell-So-lang… » Il traîne les syllabes comme des savates. On s'impatiente aussi. Cependant
une dame âgée, qui vient de faire passer sa carte, est intro-
duite. Elle a reçu de sa petite-fille une lettre assez confuse,
mais la suppliant de venir au plus vite la chercher. Elle se
laisse facilement rassurer : à cette époque de l'année les
enfants sont toujours un peu nerveuses. Il n'y a, d'ailleurs,
qu'à appeler la petite pour lui demander si elle a à se
plaindre de quelqu'un ou de quelque chose. La voici. Elle
embrasse sa grand-mère. Bientôt on voit que ses yeux ne
pourront plus se détourner des yeux de celle qui l'interroge. Elle se borne à quelques gestes de dénégation. Pourquoi n'attendrait-elle pas la distribution des prix qui doit
avoir lieu dans quelques jours ? On sent qu'elle n'ose parler.
Elle restera. L'enfant se retire, soumise. Elle va vers la
porte. Sur le seuil, un grand combat paraît se livrer en elle.
Elle sort en courant. La grand-mère, remerciant, prend
congé. De nouveau, la directrice seule. L'attente absurde,
terrible, où l'on ne sait quel objet changer de place, quel

geste répéter, qu'entreprendre pour faire arriver ce qu'on attend... Enfin le bruit d'une voiture... Le visage qu'on observait s'éclaire. Devant l'éternité. Une femme adorable entre sans frapper. C'est elle. Elle repousse légèrement les bras qui la serrent. Brune, châtain, je ne sais. Jeune. Des yeux splendides, où il y a de la langueur, du désespoir, de la finesse, de la cruauté. Mince, très sobrement vêtue, une robe de couleur foncée, des bas de soie noire. Et ce rien de « déclassé » que nous aimons tant. On ne dit pas ce qu'elle vient faire, elle s'excuse d'avoir été retenue. Sa grande froideur apparente contraste autant qu'il est possible avec la réception qu'on lui fait. Elle parle, avec une indifférence qui a l'air affecté, de ce qu'a été sa vie, peu de chose, depuis l'année précédente où, à pareille époque, elle est déjà venue. Sans précisions de l'école où elle enseigne. Mais *(ici la conversation va prendre un tour infiniment plus intime)* il est maintenant question des bonnes relations que Solange a pu entretenir avec certaines élèves plus charmantes que les autres, plus jolies, mieux douées. Elle devient rêveuse. Ses paroles sont écoutées tout près de ses lèvres. Tout à coup, elle s'interrompt, on la voit à peine ouvrir son sac et, découvrant une cuisse merveilleuse, là, un peu plus haut que la jarretière sombre... « Mais, tu ne te piquais pas ! — Non, oh ! maintenant, que veux-tu. » Cette réponse faite sur un ton de lassitude si poignant. Comme ranimée, Solange, à son tour, s'informe : « Et toi... chez toi ? Dis. » Ici aussi il y a eu de *nouvelles* élèves très gentilles. Une surtout. Si douce. « Chérie, tiens. » Les deux femmes se penchent longuement à la fenêtre. Silence. UN BALLON TOMBE DANS LA PIÈCE. Silence. « C'est elle ! Elle va monter. — Tu crois ? » Toutes deux debout, appuyées au mur. Solange ferme les yeux, se détend, soupire, s'immobilise. On frappe. L'enfant de tout à l'heure entre sans dire mot, se dirige lentement vers le ballon, les yeux dans les yeux de la directrice ; elle

(Photo Henri Manuel)

L'enfant de tout à l'heure entre sans dire mot... (p. 36).

marche sur la pointe des pieds. Rideau. — À l'acte suivant, c'est la nuit dans une antichambre. Quelques heures se sont écoulées. Un médecin, avec sa trousse. On a constaté la disparition d'une enfant. Pourvu qu'il ne lui soit pas arrivé malheur ! Tout le monde s'affaire, la maison et le jardin ont été fouillés de fond en comble. La directrice, plus calme que précédemment. « Une enfant très douce, un peu triste peut-être. Mon Dieu, et sa grand-mère qui était là il y a quelques heures ! Je viens de l'envoyer chercher. » Le médecin méfiant : deux années consécutives, un accident au moment du départ des enfants. L'année dernière la découverte du cadavre dans le puits. Cette année… Le jardinier vaticinant et bêlant. Il est allé regarder dans le puits. « C'est drôle ; pour être drôle, c'est drôle. » Le médecin interroge vainement le jardinier : « C'est drôle. » Il a battu tout le jardin avec une lanterne. Il est impossible aussi que la fillette soit sortie. Les portes bien fermées. Les murs. Et rien dans toute la maison. La brute continue à ergoter misérablement avec elle-même, à ressasser d'une manière de moins en moins intelligible les mêmes choses. Le médecin n'écoute pour ainsi dire plus. « C'est drôle. L'année d'avant. Moi j'ai rien vu. Faudra que je remette demain une bougie… Où qu'elle peut être cette petite ? M'sieur l' docteur. Bien, m'sieur l' docteur. C'est quand même drôle… Et justement, v'là-t-il pas que ma-moisell-Solange arrive hier tantôt et que… — Quoi, tu dis, cette mademoiselle Solange, ici ? Tu es sûr ? (Ah ! mais c'est plus que je ne pensais comme l'année dernière.) Laisse-moi. » L'embuscade du médecin derrière un pilier. Il ne fait pas encore jour. Passage de Solange qui traverse la scène. Elle ne semble pas participer à l'émoi général, elle va droit devant elle comme un automate. — Un peu plus tard. Toutes les recherches sont restées vaines. C'est de nouveau le cabinet de la directrice. La grand-mère de l'enfant vient de se trouver mal au parloir.

Vite il faut aller lui donner des soins. Décidément, ces deux femmes paraissent avoir la conscience tranquille. On regarde le médecin. Le commissaire. Les domestiques. Solange. La directrice... Celle-ci, à la recherche d'un cordial, se dirige vers l'armoire à pansements, l'ouvre... Le corps ensanglanté de l'enfant apparaît la tête en bas et s'écroule sur le plancher. Le cri, l'inoubliable cri. (À la représentation, on avait cru bon d'avertir le public que l'artiste qui interprétait le rôle de l'enfant avait dix-sept ans révolus. L'essentiel est qu'elle en paraissait onze.) Je ne sais si le cri dont je parle mettait exactement fin à la pièce, mais j'espère que ses auteurs (elle était due à la collaboration de l'acteur comique Palau et, je crois, d'un chirurgien nommé Thiéry, mais aussi sans doute de quelque démon)[1] n'avaient pas voulu que Solange fût éprouvée davantage et que ce personnage, trop

---

1. La véritable identité de ces auteurs n'a été établie que trente ans plus tard. C'est seulement en 1956 que la revue *Le Surréalisme, même* a été en mesure de publier le texte intégral des *Détraquées* avec une postface de P.-L. Palau éclairant la genèse de la pièce : « L'idée initiale m'[en] a été inspirée par des incidents assez équivoques qui avaient eu pour cadre une institution de jeunes filles de la banlieue parisienne. Mais étant donné le théâtre auquel je la destinais — les Deux Masques — dont le genre s'apparentait au Grand-Guignol, il me fallait en corser le côté dramatique tout en restant dans l'absolue vérité scientifique : le côté scabreux que j'avais à traiter m'y obligeait. Il s'agissait d'un cas de folie circulaire et périodique, mais pour le mener à bien j'avais besoin de lumières que je ne possédais pas. C'est alors qu'un ami, le professeur Paul Thiéry, chirurgien des hôpitaux, me mit en relation avec l'éminent Joseph Babinsky, qui voulut bien éclairer ma lanterne, ce qui me permit de traiter sans erreur la partie pour ainsi dire scientifique du drame. » Grande fut ma surprise quand j'appris que le docteur Babinsky avait eu part à l'élaboration des *Détraquées*. Je garde grand souvenir de l'illustre neurologue pour l'avoir, en qualité d'« interne provisoire », assez longuement assisté dans son service de la Pitié. Je m'honore toujours de la sympathie qu'il m'a montrée — l'eût-elle égaré jusqu'à me prédire un grand avenir médical ! — et, à ma manière, je crois avoir tiré parti de son enseignement, auquel rend hommage la fin du premier *Manifeste du surréalisme*. (1962.)

(Photo Henri Manuel)

Blanche Derval... (p. 41).

tentant pour être vrai, eût à subir une apparence de châtiment que, du reste, il nie de toute sa splendeur. J'ajouterai
seulement que le rôle était tenu par la plus admirable et
sans doute la *seule* actrice de ce temps, que j'ai vue jouer
aux «Deux Masques» dans plusieurs autres pièces où elle
n'était pas moins belle, mais de qui, peut-être à ma grande
honte [1], je n'ai plus entendu parler: Blanche Derval.

(En finissant hier soir de conter ce qui précède, je
m'abandonnais encore aux conjectures qui pour moi ont
été de mise chaque fois que j'ai revu cette pièce, soit à deux
ou trois reprises, ou que je me la suis moi-même représentée. Le manque d'indices suffisants sur ce qui se passe après
la chute du ballon, sur ce dont Solange et sa partenaire peuvent exactement être la proie pour devenir ces superbes
bêtes de proie, demeure par excellence ce qui me confond.
En m'éveillant ce matin j'avais plus de peine que de coutume à me débarrasser d'un rêve assez infâme que je
n'éprouve pas le besoin de transcrire ici, parce qu'il procède pour une grande part de conversations que j'ai eues
hier, tout à fait extérieurement à ce sujet. Ce rêve m'a paru
intéressant dans la mesure où il était symptomatique de la
répercussion que de tels souvenirs, pour peu qu'on s'y
adonne avec violence, peuvent avoir sur le cours de la pensée. Il est remarquable, d'abord, d'observer que le rêve
dont il s'agit n'accusait que le côté pénible, répugnant, voire
atroce, des considérations auxquelles je m'étais livré, qu'il

---

1. Qu'ai-je voulu dire? Que j'aurais dû l'approcher, à tout prix tenter de dévoiler la *femme* réelle qu'elle était. Pour cela, il m'eût fallu
surmonter certaine prévention contre les comédiennes, qu'entretenait le souvenir de Vigny, de Nerval. Je m'accuse là d'avoir failli à
l'«attraction passionnelle». (1962.)

dérobait avec soin tout ce qui de semblables considérations fait pour moi le prix fabuleux, comme d'un extrait d'ambre ou de rose par-delà tous les siècles. D'autre part, il faut bien avouer que si je m'éveille, voyant avec une extrême lucidité ce qui en dernier lieu vient de se passer : un insecte couleur mousse, d'une cinquantaine de centimètres, qui s'est substitué à un vieillard, vient de se diriger vers une sorte d'appareil automatique ; il a glissé un sou dans la fente, au lieu de deux, ce qui m'a paru constituer une fraude particulièrement répréhensible, au point que, comme par mégarde, je l'ai frappé d'un coup de canne et l'ai senti me tomber sur la tête — j'ai eu le temps d'apercevoir les boules de ses yeux briller sur le bord de mon chapeau, puis j'ai étouffé et c'est à grand-peine qu'on m'a retiré de la gorge deux de ses grandes pattes velues tandis que j'éprouvais un dégoût inexprimable — il est clair que, superficiellement, ceci est *surtout* en relation avec le fait qu'au plafond de la loggia où je me suis tenu ces derniers jours se trouve un nid, autour duquel tourne un oiseau que ma présence effarouche un peu, chaque fois que des champs il rapporte en criant quelque chose comme une grosse sauterelle verte, mais il est indiscutable qu'à la transposition, qu'à l'intense fixation, qu'au passage autrement inexplicable d'une image de ce genre du plan de la remarque sans intérêt au plan émotif concourent au premier chef l'évocation de certains épisodes des *Détraquées* et le retour à ces conjectures dont je parlais. La production des images de rêve dépendant toujours au moins de ce *double jeu de glaces*, il y a là l'indication du rôle très spécial, sans doute éminemment révélateur, au plus haut degré « surdéterminant » au sens freudien, que sont appelées à jouer certaines impressions très fortes, nullement contaminables de moralité, vraiment ressenties « par-delà le bien et le mal » dans le rêve et, par suite, dans ce qu'on lui oppose très sommairement sous le nom de réalité.)

Le pouvoir d'incantation[1] que Rimbaud exerça sur moi vers 1915 et qui, depuis lors, s'est quintessencié en de rares poèmes tels que *Dévotion* est sans doute, à cette époque, ce qui m'a valu, un jour où je me promenais seul sous une pluie battante, de rencontrer une jeune fille la première à m'adresser la parole, qui, sans préambule, comme nous faisions quelques pas, s'offrit à me réciter un des poèmes qu'elle préférait: *Le Dormeur du val.* C'était si inattendu, si peu de saison. Tout récemment encore, comme un dimanche, avec un ami, je m'étais rendu au «marché aux puces» de Saint-Ouen (j'y suis souvent, en quête de ces objets qu'on ne trouve nulle part ailleurs, démodés, fragmentés, inutilisables, presque incompréhensibles, pervers enfin au sens où je l'entends et où je l'aime, comme par exemple cette sorte de demi-cylindre blanc irrégulier, verni, présentant des reliefs et des dépressions sans signification pour moi, strié d'horizontales et de verticales rouges et vertes, précieusement contenu dans un écrin, sous une devise en langue italienne, que j'ai ramené chez moi et dont à bien l'examiner j'ai fini par admettre qu'il ne correspond qu'à la statistique, établie dans les trois dimensions, de la population d'une ville de telle à telle année, ce qui pour cela

---

1. Rien de moins, le mot incantation doit être pris au pied de la lettre. Pour moi le monde extérieur composait à tout instant avec son monde qui, mieux même, sur lui faisait *grille* : sur mon parcours quotidien à la lisière d'une ville qui était Nantes, s'instauraient avec le sien, ailleurs, de fulgurantes correspondances. Un angle de villas, leur avancée de jardins, je les «reconnaissais» comme par son œil, des créatures apparemment bien vivantes une seconde plus tôt glissaient tout à coup dans son sillage, etc. (1962.)

Comme je m'étais rendu au « marché aux puces » de Saint-Ouen (p. 43).

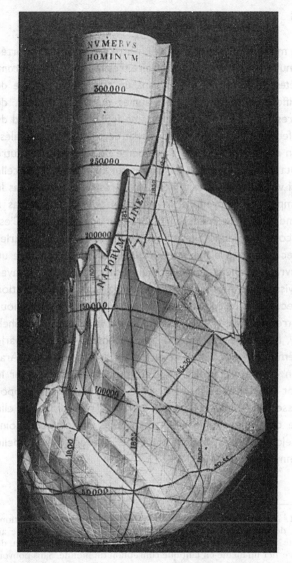

Pervers enfin comme cette sorte de demi-cylindre blanc irrégulier… (p. 43).

ne me le rend pas plus lisible), notre attention s'est portée simultanément sur un exemplaire très frais des *Œuvres complètes* de Rimbaud, perdu dans un très mince étalage de chiffons, de photographies jaunies du siècle dernier, de livres sans valeur et de cuillers en fer. Bien m'en prend de le feuilleter, le temps d'y découvrir deux feuillets intercalés : l'un copie à la machine d'un poème de forme libre, l'autre notation au crayon de réflexions sur Nietzsche. Mais celle qui veille assez distraitement tout près ne me laisse pas le temps d'en apprendre davantage. L'ouvrage n'est pas à vendre, les documents qu'il abrite lui appartiennent. C'est encore une jeune fille, très rieuse. Elle continue à parler avec beaucoup d'animation à quelqu'un qui paraît être un ouvrier qu'elle connaît, et qui l'écoute, semble-t-il, avec ravissement. À notre tour, nous engageons la conversation avec elle. Très cultivée, elle ne fait aucune difficulté à nous entretenir de ses goûts littéraires qui la portent vers Shelley, Nietzsche et Rimbaud. Spontanément, elle nous parle même des surréalistes, et du *Paysan de Paris* de Louis Aragon qu'elle n'a pu lire jusqu'au bout, les variations sur le mot Pessimisme l'ayant arrêtée. Dans tous ses propos passe une grande foi révolutionnaire. Très volontiers, elle me confie le poème d'elle que j'avais entrevu et y joint quelques autres de non moindre intérêt. Elle s'appelle Fanny Beznos[1].

---

1. À repasser de-ci de-là sous mes yeux certaines de ces notations me déçoivent tout le premier : que pouvais-je bien en attendre au juste ? C'est que le surréalisme se cherchait encore, était assez loin de se cerner lui-même en tant que conception du monde. Sans pouvoir préjuger du temps qu'il avait devant lui, il avançait à tâtons et sans doute savourait avec trop de complaisance les prémices de son rayonnement. Sans fuseau d'ombre, pas de fuseau de lumière. (1962.)

Je me souviens aussi de la suggestion en manière de jeu faite un jour à une dame, devant moi, d'offrir à la « Centrale Surréaliste », un des étonnants gants bleu ciel qu'elle portait pour nous faire visite à cette « Centrale », de ma panique quand je la vis sur le point d'y consentir, des supplications que je lui adressai pour qu'elle n'en fît rien. Je ne sais ce qu'alors il put y avoir pour moi de redoutablement, de merveilleusement décisif dans la pensée de ce gant quittant pour toujours cette main. Encore cela ne prit-il ses plus grandes, ses véritables proportions, je veux dire celles que cela a gardées, qu'à partir du moment où cette dame projeta de revenir poser sur la table, à l'endroit où j'avais tant espéré qu'elle ne laisserait pas le gant bleu, un gant de bronze qu'elle possédait et que depuis j'ai vu chez elle, gant de femme aussi, au poignet plié, aux doigts sans épaisseur, gant que je n'ai jamais pu m'empêcher de soulever, surpris toujours de son poids et ne tenant à rien tant, semble-t-il, qu'à mesurer la force exacte avec laquelle il appuie sur ce quoi l'autre n'eût pas appuyé.

Il n'y a que quelques jours, Louis Aragon me faisait observer que l'enseigne d'un hôtel de Pourville, qui porte en caractères rouges les mots : MAISON ROUGE, était composée en tels caractères et disposée de telle façon que, sous une certaine obliquité, de la route, « MAISON » s'effaçait et « ROUGE » se lisait « POLICE »[1]. Cette illusion d'optique n'au-

---

1. « Sous une certaine obliquité » : le rapprochement tout fortuit des deux mots mis en cause devra attendre quelques années pour imposer, lors de certains « procès », l'évidence de leur collusion, au plus haut point dramatique. La bête qui va se montrer de face aux lignes suivantes est, en effet, celle que la convention publique donne

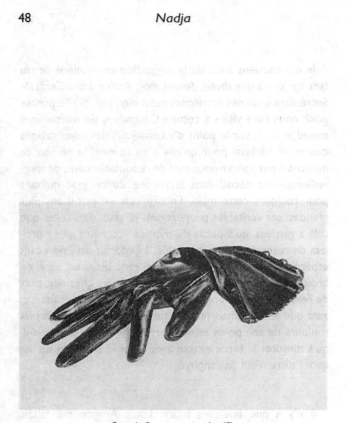

Gant de femme aussi… (p. 47).

rait aucune importance si le même jour, une ou deux heures plus tard, la dame que nous appellerons *la dame au gant* ne m'avait mené devant un tableau changeant comme je n'en avais jamais vu, et qui entrait dans l'ameublement de la maison qu'elle venait de louer. C'est une gravure ancienne qui, vue de face, représente un tigre, mais qui, cloisonnée perpendiculairement à sa surface de petites bandes verticales fragmentant elles-mêmes un autre sujet, représente, pour peu qu'on s'éloigne de quelques pas vers la gauche, un vase, de quelques pas vers la droite, un ange. Je signale, pour finir, ces deux faits parce que pour moi, dans ces conditions, leur rapprochement était inévitable et parce qu'il me paraît tout particulièrement impossible d'établir de l'un à l'autre une corrélation rationnelle.

J'espère, en tout cas, que la présentation d'une série d'observations de cet ordre et de celle qui va suivre sera de nature à précipiter quelques hommes dans la rue, après leur avoir fait prendre conscience, sinon du néant, du moins de la grave insuffisance de tout calcul soi-disant rigoureux sur eux-mêmes, de toute action qui exige une application suivie, et qui a pu être préméditée. Autant en emporte le vent du moindre fait qui se produit, s'il est vraiment imprévu. Et qu'on ne me parle pas, après cela, du travail, je veux dire de la valeur morale du travail. Je suis contraint d'accepter l'idée du travail comme nécessité matérielle, à cet égard je suis on ne peut plus favorable à sa meilleure, à sa plus juste répartition. Que les sinistres obligations de la vie me l'imposent, soit, qu'on me demande d'y croire, de

---

pour « altérée de sang ». — Que ce soit précisément cet index qui se pointe sur l'enseigne de Pourville ne va pas, à distance, sans une assez cruelle ironie. (*N.d.A.*, 1962.)

révérer le mien ou celui des autres, jamais. Je préfère, encore une fois, marcher dans la nuit à me croire celui qui marche dans le jour. Rien ne sert d'être vivant, le temps qu'on travaille. L'événement dont chacun est en droit d'attendre la révélation du sens de sa propre vie, cet événement que peut-être je n'ai pas encore trouvé mais sur la voie duquel je me cherche, *n'est pas au prix du travail*. Mais j'anticipe, car c'est peut-être là, par-dessus tout, ce qu'à son temps m'a fait comprendre et ce qui justifie, sans plus tarder ici, l'entrée en scène de Nadja.

Enfin voici que la tour du Manoir d'Ango saute, et que toute une neige de plumes, qui tombe de ses colombes, fond en touchant le sol de la grande cour naguère empierrée de débris de tuiles et maintenant couverte de vrai sang !

Le 4 octobre dernier[1], à la fin d'un de ces après-midi tout à fait désœuvrés et très mornes, comme j'ai le secret d'en passer, je me trouvais rue Lafayette : après m'être arrêté quelques minutes devant la vitrine de la librairie de *L'Humanité* et avoir fait l'acquisition du dernier ouvrage de Trotsky, sans but je poursuivais ma route dans la direction de l'Opéra. Les bureaux, les ateliers commençaient à se vider, du haut en bas des maisons des portes se fermaient, des gens sur le trottoir se serraient la main, il commençait tout de même à y avoir plus de monde. J'observais sans le vouloir des visages, des accoutrements, des allures. Allons, ce n'étaient pas encore ceux-là qu'on trouverait prêts à faire la Révolution. Je venais de traverser ce carrefour dont j'oublie ou ignore le nom, là, devant une église. Tout à coup, alors qu'elle est peut-être encore à dix pas de moi, venant en sens inverse, je vois une jeune femme, très pauvrement vêtue, qui, elle aussi, me voit ou m'a vu. Elle va la tête haute, contrairement à tous les autres passants. Si frêle qu'elle se pose à peine en marchant. Un sourire imperceptible erre peut-être sur son visage. Curieusement fardée, comme quelqu'un qui, ayant commencé par les yeux, n'a

---

1. On est en 1926. (1962.)

(Photo J.-A. Boiffard)

La librairie de L'Humanité… (p. 51).

pas eu le temps de finir, mais le bord des yeux si noir pour une blonde. Le bord, nullement la paupière (un tel éclat s'obtient et s'obtient seulement si l'on ne passe avec soin le crayon que sous la paupière. Il est intéressant de noter, à ce propos, que Blanche Derval, dans le rôle de Solange, même vue de très près, ne paraissait en rien maquillée. Est-ce à dire que ce qui est très faiblement permis dans la rue mais est recommandé au théâtre ne vaut à mes yeux qu'autant qu'il est passé outre à ce qui est défendu dans un cas, ordonné dans l'autre? Peut-être). Je n'avais jamais vu de tels yeux. Sans hésitation j'adresse la parole à l'inconnue, tout en m'attendant, j'en conviens du reste, au pire. Elle sourit, mais très mystérieusement, et, dirai-je, comme *en connaissance de cause*, bien qu'alors je n'en puisse rien croire. Elle se rend, prétend-elle, chez un coiffeur du boulevard Magenta (je dis : prétend-elle, parce que sur l'instant j'en doute et qu'elle devait reconnaître par la suite qu'elle allait sans but aucun). Elle m'entretient bien avec une certaine insistance de difficultés d'argent qu'elle éprouve, mais ceci, semble-t-il, plutôt en manière d'excuse et pour expliquer l'assez grand dénuement de sa mise. Nous nous arrêtons à la terrasse d'un café proche de la gare du Nord. Je la regarde mieux. Que peut-il bien passer de si extraordinaire dans ces yeux? Que s'y mire-t-il à la fois obscurément de détresse et lumineusement d'orgueil? C'est aussi l'énigme que pose le début de confession que, sans m'en demander davantage, avec une confiance qui pourrait (ou bien qui ne pourrait?) être mal placée elle me fait. À Lille, ville dont elle est originaire et qu'elle n'a quittée qu'il y a deux ou trois ans, elle a connu un étudiant qu'elle a peut-être aimé, et qui l'aimait. Un beau jour, elle s'est résolue à le quitter alors qu'il s'y attendait le moins, et cela « de peur de le gêner ». C'est alors qu'elle est venue à Paris, d'où elle lui a écrit à des intervalles de plus en plus longs sans jamais lui donner son adresse. À près d'un an de là, cependant, elle l'a rencontré par hasard: tous deux ont été très surpris. Lui prenant les mains, il n'a pu s'empêcher de dire combien il la trouvait changée et, posant son regard sur ces mains, s'est étonné de les voir si soignées (elles ne le sont guère maintenant). Machinalement alors, à son tour, elle a regardé l'une des mains qui tenaient les siennes et n'a pu réprimer un cri en s'apercevant que les deux derniers doigts en étaient inséparablement joints. «Mais tu t'es blessé!» Il fallut absolument que le jeune homme lui montrât son autre main, qui présentait la même malformation. Là-dessus, très émue, elle m'interroge longuement: «Est-ce possible? Avoir vécu si longtemps avec un être, avoir eu toutes les occasions possibles de l'observer, s'être attachée à découvrir ses moindres particularités physiques ou autres, pour enfin si mal le connaître, pour ne pas même s'être aperçue de *cela*! Vous croyez... vous croyez que l'amour peut faire de ces choses? Et lui qui a été si fâché, que voulez-vous, je n'ai pu ensuite que me taire, ces mains... Il a dit alors quelque chose que je ne comprends pas, où il y a un mot que je ne comprends pas, il a dit: "Gribouille! Je vais retourner en Alsace-Lorraine. Il n'y a que là que les femmes sachent aimer." Pourquoi: Gribouille? Vous ne savez pas?» Comme on pense je réagis assez vivement: «N'importe. Mais je trouve odieuses ces généralités sur l'Alsace-Lorraine, à coup sûr cet individu était un bel idiot, etc. Alors il est parti, vous ne l'avez plus revu? Tant mieux.» Elle me dit son nom, celui qu'elle s'est choisi: «Nadja, parce qu'en russe c'est le commencement du mot espérance, et parce que ce n'en est que le commencement.» Elle vient seulement de songer à me demander qui je suis (au sens très restreint de ces mots). Je le lui dis. Puis elle revient encore à son passé, me parle de son père, de sa mère. Elle s'attendrit surtout au souvenir du premier: «Un homme si faible! Si vous saviez comme il a toujours été faible. Quand il était jeune, voyez-vous, presque rien ne lui était refusé. Ses parents, très bien. Il n'y avait pas encore d'automobiles mais tout de même une belle voiture, le cocher… Avec lui tout a vite fondu, par exemple. Je l'aime tant. Chaque fois que je pense à lui, que je me dis à quel point il est faible… Oh! mère, ce n'est pas la même chose. C'est une bonne femme, voilà, comme on dit vulgairement, une *bonne* femme. Pas du tout la femme qu'il aurait fallu à mon père. Chez nous, bien sûr tout était très propre, mais lui, comprenez-vous, il n'était pas fait pour la voir, quand il rentrait, en tablier. C'est vrai qu'il trouvait une table servie, ou qu'il était bien temps de servir, il ne trouvait pas ce qu'on appelle (avec une expression ironique de convoitise et un geste amusant) une table dressée. Mère, je l'aime bien, pour rien au monde je ne voudrais lui faire de la peine. Ainsi, quand je suis venue à Paris, elle savait que j'avais un mot de recommandation pour les sœurs de Vaugirard. Naturellement, je ne m'en suis jamais servie. Mais, chaque fois que je lui écris, je termine ma lettre par ces mots : "J'espère te voir bientôt", et j'ajoute : "si Dieu le veut, comme dit sœur…" ici un nom quelconque. Et elle, alors, qui doit être contente! Dans les lettres que je reçois d'elle, ce qui me touche le plus, ce pourquoi je donnerais tout le reste, c'est le post-scriptum. Elle éprouve en effet toujours le besoin d'ajouter : "Je me demande ce que tu peux faire à Paris." Pauvre mère, si elle savait!» Ce que Nadja fait à Paris, mais elle se le demande. Oui, le soir, vers sept heures, elle aime à se trouver dans un compartiment de seconde du métro. La plupart des voyageurs sont des gens qui ont fini leur travail. Elle s'assied parmi eux, elle cherche à surprendre sur leurs visages ce qui peut bien faire l'objet de leur préoccupation. Ils pensent forcément à ce qu'ils viennent de laisser jusqu'à demain, seulement jusqu'à demain, et aussi à ce qui les attend ce soir, qui les déride ou les rend encore plus soucieux. Nadja fixe quelque chose en l'air : «Il y a de braves gens.» Plus ému que je ne veux le paraître, cette fois je me fâche : «Mais non. Il ne s'agit d'ailleurs pas de cela. Ces gens ne sauraient être intéressants dans la mesure où ils supportent le travail, avec ou non toutes les autres misères. Comment cela les élèverait-il si la révolte n'est pas en eux la plus forte ? À cet instant, vous les voyez, du reste, ils ne vous voient pas. Je hais, moi, de toutes mes forces, cet asservissement qu'on veut me faire valoir. Je plains l'homme d'y être condamné, de ne pouvoir en général s'y soustraire, mais ce n'est pas la dureté de sa peine qui me dispose en sa faveur, c'est et ce ne saurait être que la vigueur de sa protestation. Je sais qu'à un four d'usine, ou devant une de ces machines inexorables qui imposent tout le jour, à quelques secondes d'intervalle, la répétition du même geste, ou partout ailleurs sous les ordres les moins acceptables, ou en cellule, ou devant un peloton d'exécution, on peut encore se sentir libre mais ce n'est pas le martyre qu'on subit qui crée cette liberté. Elle est, je le veux bien, un désenchaînement perpétuel : encore pour que ce désenchaînement soit possible, constamment possible, faut-il que les chaînes ne nous écrasent pas, comme elles font de beaucoup de ceux dont vous parlez. Mais elle est aussi, et peut-être humainement bien davantage, la plus ou moins longue mais la merveilleuse suite de pas qu'il est permis à l'homme de faire désenchaîné. Ces pas, les supposez-vous capables de les faire ? En ont-ils le temps, seulement ? En ont-ils le cœur ? De braves gens, disiez-vous, oui, braves comme ceux qui se sont fait tuer à la guerre, n'est-ce pas ? Tranchons-en, des héros : beaucoup de malheureux et quelques pauvres imbéciles. Pour moi, je l'avoue, ces *pas* sont tout. Où vont-ils, voilà la véritable question. Ils finiront bien par dessiner une route et sur cette route, qui sait si n'apparaîtra pas le moyen de désenchaîner ou d'aider à se désenchaîner ceux qui n'ont pu suivre ? C'est seulement alors qu'il conviendra de s'attarder un peu, sans toutefois revenir en arrière. » (On voit assez ce que je peux dire à ce sujet, pour peu surtout que je m'avise d'en traiter de manière concrète.)

Nadja m'écoute et ne cherche pas à me contredire. Peut-être n'a-t-elle rien moins voulu faire que l'apologie du travail. Elle vient à me parler de sa santé, très compromise. Le médecin qu'elle a consulté et qu'elle avait, au prix de tout l'argent qui lui restait, choisi tel qu'elle pût s'y fier, lui a prescrit de partir immédiatement pour le Mont-Dore. Cette idée l'enchante, en raison de ce qu'un tel voyage a pour elle d'irréalisable. Mais elle s'est persuadée qu'un travail manuel suivi suppléerait en quelque sorte à la cure qu'elle ne peut faire. C'est dans cet esprit qu'elle a cherché à s'employer dans la boulangerie, voire la charcuterie, où, comme elle en juge de façon purement poétique, il lui paraît y avoir plus de garanties qu'ailleurs de se bien porter. Partout on lui a offert des salaires dérisoires. Il est arrivé aussi qu'avant de lui donner réponse on la regardât à deux fois. Un patron boulanger qui lui promettait dix-sept francs par jour, après avoir de nouveau levé les yeux sur elle, s'est repris : dix-sept ou dix-huit. Très enjouée : « Je lui ai dit : dix-sept, oui ; dix-huit, non. » Nous voici, au hasard de nos pas, rue du Faubourg-Poissonnière. Autour de nous on se hâte, c'est l'heure de dîner. Comme je veux prendre congé d'elle, elle demande qui m'attend. « Ma femme. — Marié ! Oh ! alors... » et, sur un autre ton très grave, très recueilli : « Tant pis. Mais... et cette grande idée ? J'avais si bien commencé tout à l'heure à la voir. C'était vraiment une étoile, une étoile vers laquelle vous alliez. Vous ne pouviez manquer d'arriver à cette étoile. À vous entendre parler, je sentais que rien ne vous en empêcherait : rien, pas même moi... Vous ne pourrez jamais voir cette étoile comme je la voyais. Vous ne comprenez pas : elle est comme le cœur d'une fleur sans cœur. » Je suis extrêmement ému. Pour faire diversion je demande où elle dîne. Et soudain cette légèreté que je n'ai vue qu'à elle, cette *liberté* peut-être précisément : « Où ? (le doigt tendu :) mais là, ou là (les deux restaurants les plus proches) où je suis, voyons. C'est toujours ainsi. » Sur le point de m'en aller, je veux lui poser une question qui résume toutes les autres, une question qu'il n'y a que moi pour poser, sans doute, mais qui, au moins une fois, a trouvé une réponse à sa hauteur : « Qui êtes-vous ? » Et elle, sans hésiter : « Je suis l'âme errante. » Nous convenons de nous revoir le lendemain au bar qui fait l'angle de la rue Lafayette et du faubourg Poissonnière. Elle aimerait lire un ou deux livres de moi et y tiendra d'autant plus que sincèrement je mets en doute l'intérêt qu'elle peut y prendre. La vie est autre que ce qu'on écrit. Quelques instants encore elle me retient pour me dire ce qui la touche en moi. C'est, dans ma pensée, dans mon langage, dans toute ma manière d'être, paraît-il, et c'est là un des compliments auxquels j'ai été de ma vie le plus sensible, la *simplicité*.

5 octobre. — Nadja, arrivée la première, en avance, n'est plus la même. Assez élégante, en noir et rouge, un très seyant chapeau qu'elle enlève, découvrant ses cheveux d'avoine qui ont renoncé à leur incroyable désordre, elle porte des bas de soie et est parfaitement chaussée. La conversation est pourtant devenue plus difficile et commence par ne pas aller, de sa part, sans hésitations. Cela jusqu'à ce qu'elle s'empare des livres que j'ai apportés *(Les Pas perdus, Manifeste du surréalisme)* : « Les Pas perdus ? Mais il n'y en a pas. » Elle feuillette l'ouvrage avec grande curiosité. Son attention se fixe sur un poème de Jarry qui y est cité :

Parmi les bruyères, pénil des menhirs...

Loin de la rebuter, ce poème, qu'elle lit une première fois assez vite, puis qu'elle examine de très près, semble vivement l'émouvoir. À la fin du second quatrain, ses yeux se mouillent et se remplissent de la vision d'une forêt. Elle voit le poète qui passe près de cette forêt, on dirait que de loin elle peut le suivre : « Non, il tourne autour de la forêt. Il ne peut pas entrer, il n'entre pas. » Puis elle le perd et revient au poème, un peu plus haut que le point où elle l'a laissé, interrogeant les mots qui la surprennent le plus, donnant à chacun le signe d'intelligence, d'assentiment exact qu'il réclame.

Chasse de leur acier la martre et l'hermine.

« De leur acier ? La martre... et l'hermine. Oui, je vois : les gîtes coupants, les rivières froides : *De leur acier.* » Un peu plus bas :

En mangeant le bruit des hannetons,

C'havann

(Avec effroi, fermant le livre :) « Oh ! ceci, c'est la mort ! »
Le rapport de couleurs entre les couvertures des deux volumes l'étonne et la séduit. Il paraît qu'il me « va ». Je l'ai sûrement fait exprès (quelque peu). Puis elle me parle de deux amis qu'elle a eus : l'un, à son arrivée à Paris, qu'elle désigne habituellement sous le nom de « Grand ami », c'est ainsi qu'elle l'appelait et il a toujours voulu qu'elle ignorât qui il était, elle montre encore pour lui une immense véné-

ration, c'était un homme de près de soixante-quinze ans, qui avait longtemps séjourné aux colonies, il lui a dit en partant qu'il retournait au Sénégal ; l'autre, un Américain, qui semble lui avoir inspiré des sentiments très différents : « Et puis, il m'appelait Lena, en souvenir de sa fille qui était morte. C'est très affectueux, très touchant, n'est-ce pas ? Pourtant il m'arrivait de ne plus pouvoir supporter d'être appelée ainsi, comme en rêvant : Lena, Lena... Alors je passais plusieurs fois la main devant ses yeux, très près de ses yeux, comme ceci, et je disais : Non, pas Lena, Nadja. » Nous sortons. Elle me dit encore : « Je vois chez vous. Votre femme. Brune, naturellement. Petite. jolie. Tiens, il y a près d'elle un chien. Peut-être aussi, mais ailleurs, un chat (exact). Pour l'instant, je ne vois rien d'autre. » Je me dispose à rentrer chez moi, Nadja m'accompagne en taxi. Nous demeurons quelque temps silencieux, puis elle me tutoie brusquement : « Un jeu : Dis quelque chose. Ferme les yeux et dis quelque chose. N'importe, un chiffre, un prénom. Comme ceci (elle ferme les yeux) : Deux, deux quoi ? Deux femmes. Comment sont ces femmes ? En noir. Où se trouvent-elles ? Dans un parc... Et puis, que font-elles ? Allons, c'est si facile, pourquoi ne veux-tu pas jouer ? Eh bien, moi, c'est ainsi que je me parle quand je suis seule, que je me raconte toutes sortes d'histoires. Et pas seulement de vaines histoires : c'est même entièrement de cette façon que je vis[1]. » Je la quitte à ma porte : « Et moi, maintenant ? Où aller ? Mais il est si simple de descendre lentement vers la rue Lafayette, le faubourg Poissonnière, de commencer par revenir à l'endroit même où nous étions. »

---

1. Ne touche-t-on pas là au terme extrême de l'aspiration surréaliste, à sa plus forte *idée limite* ?

6 octobre. — De manière à n'avoir pas trop à flâner je sors vers quatre heures dans l'intention de me rendre à pied à «la Nouvelle France» où je dois rejoindre Nadja à cinq heures et demie. Le temps d'un détour par les boulevards jusqu'à l'Opéra, où m'appelle une course brève. Contrairement à l'ordinaire, je choisis de suivre le trottoir droit de la rue de la Chaussée-d'Antin. Une des premières passantes que je m'apprête à croiser est Nadja, sous son aspect du premier jour. Elle s'avance comme si elle ne voulait pas me voir. Comme le premier jour, je reviens sur mes pas avec elle. Elle se montre assez incapable d'expliquer sa présence dans cette rue où, pour faire trêve à de plus longues questions, elle me dit être à la recherche de bonbons hollandais. Sans y penser, déjà nous avons fait demi-tour, nous entrons dans le premier café venu. Nadja observe envers moi certaines distances, se montre même soupçonneuse. C'est ainsi qu'elle retourne mon chapeau, sans doute pour y lire les initiales de la coiffe, bien qu'elle prétende le faire machinalement, par habitude de déterminer à leur insu la nationalité de certains hommes. Elle avoue qu'elle avait l'intention de manquer le rendez-vous dont nous avions convenu. J'ai observé en la rencontrant qu'elle tenait à la main l'exemplaire des *Pas perdus* que je lui ai prêté. Il est maintenant sur la table et, à en apercevoir la tranche, je remarque que quelques feuillets seulement en sont coupés. Voyons : ce sont ceux de l'article intitulé : «L'esprit nouveau», où est relatée précisément une rencontre frappante, faite un jour, à quelques minutes d'intervalle, par Louis Aragon, par André Derain et par moi. L'indécision dont chacun de nous avait fait preuve en la circonstance, l'embarras où quelques instants plus tard, à la même table, nous mit le souci de comprendre à quoi nous venions d'avoir affaire, l'irrésistible appel qui nous porta, Aragon et moi, à revenir aux points mêmes où nous était

À la Nouvelle France... (p. 61).

apparu ce véritable sphinx sous les traits d'une charmante jeune femme allant d'un trottoir à l'autre interroger les passants, ce sphinx qui nous avait épargnés l'un après l'autre et, à sa recherche, de *courir* le long de toutes les lignes qui, même très capricieusement, peuvent relier ces points — le manque de résultats de cette poursuite que le temps écoulé eût dû rendre sans espoir, c'est à cela qu'est allée tout de suite Nadja. Elle est étonnée et déçue du fait que le récit des courts événements de cette journée m'ait paru pouvoir se passer de commentaires. Elle me presse de m'expliquer sur le sens exact que je lui attribue tel quel et, puisque je l'ai publié, sur le degré d'objectivité que je lui prête. Je dois répondre que je n'en sais rien, que dans un tel domaine le droit de constater me paraît être tout ce qui est permis, que j'ai été la première victime de cet abus de confiance, si abus de confiance il y a, mais je vois bien qu'elle ne me tient pas quitte, je lis dans son regard l'impatience, puis la consternation. Peut-être s'imagine-t-elle que je mens : une assez grande gêne continue à régner entre nous. Comme elle parle de rentrer chez elle, j'offre de la reconduire. Elle donne au chauffeur l'adresse du Théâtre des Arts qui, me dit-elle, se trouve à quelques pas de la maison qu'elle habite. En chemin, elle me dévisage longuement, en silence. Puis ses yeux se ferment et s'ouvrent très vite comme lorsqu'on se trouve en présence de quelqu'un qu'on n'a plus vu depuis longtemps, ou qu'on ne s'attendait plus à revoir et comme pour signifier qu'on « ne les en croit pas ». Une certaine lutte paraît aussi se poursuivre en elle, mais tout à coup elle s'abandonne, ferme tout à fait les yeux, offre ses lèvres... Elle me parle maintenant de mon pouvoir sur elle, de la faculté que j'ai de lui faire penser et faire ce que je veux, peut-être plus que je ne crois vouloir. Elle me supplie, par ce moyen, de ne rien entreprendre contre elle. Il lui semble qu'elle n'a jamais eu de secret pour moi, bien avant de me connaître. Une courte scène dialoguée, qui se trouve à la fin de «Poisson soluble», et qui paraît être tout ce qu'elle a lu du *Manifeste*, scène à laquelle, d'ailleurs, je n'ai jamais su attribuer de sens précis et dont les personnages me sont aussi étrangers, leur agitation aussi ininterprétable que possible, comme s'ils avaient été apportés et remportés par un flot de sable, lui donne l'impression d'y avoir participé vraiment et même d'y avoir joué le rôle, pour le moins obscur, d'Hélène[1]. Le lieu, l'atmosphère, les attitudes respectives des acteurs étaient bien ce que j'ai conçu. Elle voudrait me montrer «où cela se passait»: je propose que nous dînions ensemble. Une certaine confusion a dû s'établir dans son esprit car elle nous fait conduire, non dans l'île Saint-Louis, comme elle le croit, mais place Dauphine où se situe, chose curieuse, un autre épisode de «Poisson soluble»: «Un baiser est si vite oublié.» (Cette place Dauphine est bien un des lieux les plus profondément retirés que je connaisse, un des pires terrains vagues qui soient à Paris. Chaque fois que je m'y suis trouvé, j'ai senti m'abandonner peu à peu l'envie d'aller ailleurs, il m'a fallu argumenter avec moi-même pour me dégager d'une étreinte très douce, trop agréablement insistante et, à tout prendre, brisante. De plus, j'ai habité quelque temps un hôtel jouxtant cette place, «City Hôtel», où les allées et venues à

---

1. Je n'ai connu personnellement aucune femme de ce nom, qui de tout temps m'a ennuyé et paru fade comme de tout temps celui de Solange m'a ravi. Pourtant, Mme Sacco, voyante, 3, rue des Usines, qui ne s'est jamais trompée à mon sujet, m'assurait, au début de cette année, que ma pensée était grandement occupée d'une «Hélène». Est-ce pourquoi, à quelque temps de là, je me suis si fort intéressé à tout ce qui concerne *Hélène Smith*? La conclusion à en tirer serait de l'ordre de celle que m'a imposée précédemment la fusion dans un rêve de deux images très éloignées l'une de l'autre. «Hélène, c'est moi», disait Nadja.

Mme Sacco, voyante, 3, rue des Usines… (p. 64).

toute heure, pour qui ne se satisfait pas de solutions trop simples, sont suspectes.) Le jour baisse. Afin d'être seuls, nous nous faisons servir dehors par le marchand de vins. Pour la première fois, durant le repas, Nadja se montre assez frivole. Un ivrogne ne cesse de rôder autour de notre table. Il prononce très haut des paroles incohérentes, sur le ton de la protestation. Parmi ces paroles reviennent sans cesse un ou deux mots obscènes sur lesquels il appuie. Sa femme, qui le surveille de sous les arbres, se borne à lui crier de temps à autre: «Allons, viens-tu?» J'essaie à plusieurs reprises de l'écarter, mais en vain. Comme arrive le dessert, Nadja commence à regarder autour d'elle. Elle est certaine que sous nos pieds passe un souterrain qui vient du Palais de justice (elle me montre de quel endroit du Palais, un peu à droite du perron blanc) et contourne l'hôtel Henri-IV. Elle se trouble à l'idée de ce qui s'est déjà passé sur cette place et de ce qui s'y passera encore. Où ne se perdent en ce moment dans l'ombre que deux ou trois couples, elle semble voir une foule. «Et les morts, les morts!» L'ivrogne continue à plaisanter lugubrement. Le regard de Nadja fait maintenant le tour des maisons. «Vois-tu, là-bas, cette fenêtre? Elle est noire, comme toutes les autres. Regarde bien. Dans une minute elle va s'éclairer. Elle sera rouge.» La minute passe. La fenêtre s'éclaire. Il y a, en effet, des rideaux rouges. (Je regrette, mais je n'y puis rien, que ceci passe peut-être les limites de la crédibilité. Cependant, à pareil sujet, je m'en voudrais de prendre parti: je me borne à *convenir* que de noire, cette fenêtre est alors devenue rouge, c'est tout.) J'avoue qu'ici la peur me prend, comme aussi elle commence à prendre Nadja. «Quelle horreur! Vois-tu ce qui passe dans les arbres? Le bleu et le vent, le vent bleu. Une seule autre fois j'ai vu sur ces mêmes arbres passer ce vent bleu. C'était là, d'une

Nous nous faisons servir dehors par le marchand de vins… (p. 66).

fenêtre de l'hôtel Henri-IV[1], et mon ami, le second dont je t'ai parlé, allait partir. Il y avait aussi une voix qui disait : Tu mourras, tu mourras. Je ne voulais pas mourir mais j'éprouvais un tel vertige… Je serais certainement tombée si l'on ne m'avait retenue. » Je crois qu'il est grand temps de quitter ces lieux. Le long des quais, je la sens toute tremblante. C'est elle qui a voulu revenir vers la Conciergerie. Elle est très abandonnée, très sûre de moi. Pourtant elle cherche quelque chose, elle tient absolument à ce que nous entrions dans une cour, une cour de commissariat quelconque qu'elle explore rapidement. « Ce n'est pas là… Mais, dis-moi, pourquoi dois-tu aller en prison ? Qu'auras-tu fait ? Moi aussi j'ai été en prison. Qui étais-je ? Il y a des siècles. Et toi, alors, qui étais-tu ? » Nous longeons de nouveau la grille quand tout à coup Nadja refuse d'aller plus loin. Il y a là, à droite, une fenêtre en contrebas qui donne sur le fossé, de la vue de laquelle il ne lui est plus possible de se détacher. C'est devant cette fenêtre qui a l'air condamnée qu'il faut absolument attendre, elle le sait. C'est de là que tout peut venir. C'est là que tout commence. Elle tient des deux mains la grille pour que je ne l'entraîne pas. Elle ne répond presque plus à mes questions. De guerre lasse, je finis par attendre que de son propre gré elle poursuive sa route. La pensée du souterrain ne l'a pas quittée et sans doute se croit-elle à l'une de ses issues. Elle se demande qui elle a pu être, dans l'entourage de Marie-Antoinette. Les pas des promeneurs la font longuement tressaillir. Je m'inquiète, et, lui détachant les mains l'une après l'autre, je finis par la contraindre à me suivre. Plus d'une demi-heure s'est ainsi passée. Le pont traversé, nous nous dirigeons vers le Louvre. Nadja ne cesse d'être distraite. Pour la ramener à

---

1. Lequel fait face à la maison dont il vient d'être question, ceci toujours pour les amateurs de solutions faciles.

moi, je lui dis un poème de Baudelaire, mais les inflexions de ma voix lui causent une nouvelle frayeur, aggravée du souvenir qu'elle garde du baiser de tout à l'heure : « un baiser dans lequel il y a une menace ». Elle s'arrête encore, s'accoude à la rampe de pierre d'où son regard et le mien plongent dans le fleuve à cette heure étincelant de lumières : « Cette main, cette main sur la Seine, pourquoi cette main qui flambe sur l'eau ? C'est vrai que le feu et l'eau sont la même chose. Mais que veut dire cette main ? Comment l'interprètes-tu ? Laisse-moi donc voir cette main. Pourquoi veux-tu que nous nous en allions ? Que crains-tu ? Tu me crois très malade, n'est-ce pas ? Je ne suis pas malade. Mais qu'est-ce que cela veut dire pour toi : le feu sur l'eau, une main de feu sur l'eau ? (Plaisantant :) Bien sûr ce n'est pas la fortune : le feu et l'eau, c'est la même chose ; le feu et l'or c'est tout différent. » Vers minuit, nous voici aux Tuileries, où elle souhaite que nous nous asseyions un moment. Devant nous fuse un jet d'eau dont elle paraît suivre la courbe. « Ce sont tes pensées et les miennes. Vois d'où elles partent toutes, jusqu'où elles s'élèvent et comme c'est encore plus joli quand elles retombent. Et puis aussitôt elles se fondent, elles sont reprises avec la même force, de nouveau c'est cet élancement brisé, cette chute... et comme cela indéfiniment. » Je m'écrie : « Mais, Nadja, comme c'est étrange ! Où prends-tu justement cette image qui se trouve exprimée presque sous la même forme dans un ouvrage que tu ne peux connaître et que je viens de lire ? » (Et je suis amené à lui expliquer qu'elle fait l'objet d'une vignette, en tête du troisième des *Dialogues entre Hylas et Philonous*, de Berkeley, dans l'édition de 1750, où elle est accompagnée de la légende : « *Urget aquas vis sursum eadem flectit que deorsum* », qui prend à la fin du livre, au point de vue de la défense de l'attitude idéaliste, une signification capitale.) Mais elle ne m'écoute pas, tout attentive qu'elle

Devant nous fuse un jet d'eau dont elle paraît suivre la courbe… (p. 69).

En tête du troisième des Dialogues entre Hylas et Philonous… (p. 69).

est au manège d'un homme qui passe à plusieurs reprises devant nous et qu'elle croit connaître, car ce n'est pas la première fois qu'elle se trouve à pareille heure dans ce jardin. Cet homme, si c'est lui, s'est offert à l'épouser. Cela la fait penser à sa petite fille, une enfant dont elle m'a appris avec tant de précautions l'existence, et qu'elle adore, surtout parce qu'elle est si peu comme les autres enfants, «avec cette idée de toujours enlever les yeux des poupées pour voir ce qu'*il y a* derrière ces yeux». Elle sait qu'elle attire toujours les enfants : où qu'elle soit, ils ont tendance à se grouper autour d'elle, à venir lui sourire. Elle parle maintenant comme pour elle seule, tout ce qu'elle dit ne m'intéresse plus également, elle a la tête tournée du côté opposé au mien, je commence à être las. Mais, sans que j'aie donné aucun signe d'impatience : «Un point, c'est tout. J'ai senti tout à coup que j'allais te faire de la peine. (Se retournant vers moi :) C'est fini.» Au sortir du jardin, nos pas nous conduisent rue Saint-Honoré, à un bar, qui n'a pas baissé ses lumières. Elle souligne que nous sommes venus de la place Dauphine au «Dauphin». (Au jeu de l'analogie dans la catégorie animale j'ai souvent été identifié au dauphin.) Mais Nadja s'alarme à la vue d'une bande de mosaïque qui se prolonge du comptoir sur le sol et nous devons partir presque aussitôt. Nous convenons de ne nous retrouver à «la Nouvelle France» que le soir du surlendemain.

7 octobre. — J'ai souffert d'un violent mal de tête, qu'à tort ou à raison, j'attribue aux émotions de cette soirée et aussi à l'effort d'attention, d'accommodation que j'ai dû fournir. Toute la matinée, pourtant, je me suis ennuyé de Nadja, reproché de ne pas avoir pris rendez-vous avec elle aujourd'hui. Je suis mécontent de moi. Il me semble que je l'observe trop, comment faire autrement ? Comment me voit-elle, me juge-t-elle? Il est impardonnable que je continue à la voir si je ne l'aime pas. <u>Est-ce que je ne l'aime pas?</u> Je suis, tout en étant près d'elle, plus près des choses qui sont près d'elle. Dans l'état où elle est, elle va forcément avoir besoin de moi, de façon ou d'autre, tout à coup. Quoi qu'elle me demande, le lui refuser serait odieux tant elle est pure, libre de tout lien terrestre, tant elle tient peu, mais merveilleusement, à la vie. Elle tremblait hier, de froid peut-être. Si légèrement vêtue. Il serait impardonnable aussi que je ne la rassure pas sur la sorte d'intérêt que je lui porte, que je ne la persuade pas qu'elle ne saurait être pour moi un objet de curiosité, comment pourrait-elle croire, de caprice. <u>Que faire?</u> Et me résoudre à attendre jusqu'à demain soir, c'est impossible. Que faire tantôt, si je ne la vois pas? Et si je ne la voyais plus? Je ne *saurais* plus. J'aurais donc mérité de ne plus savoir. Et cela ne se retrouverait jamais. Il peut y avoir de ces fausses annonciations, de ces grâces d'un jour, véritables casse-cou de l'âme, abîme, abîme où s'est rejeté l'oiseau splendidement triste de la divination. Que puis-je faire, sinon me rendre vers six heures au bar où nous nous sommes déjà rencontrés? Aucune chance de l'y trouver, naturellement, à moins que... Mais «à moins que», n'est-ce pas là que réside la grande possibilité d'intervention de Nadja, très au-delà de la chance? Je sors vers trois heures avec ma femme et une amie; en taxi nous continuons à nous entretenir d'elle, comme nous l'avions fait pendant le déjeuner. Soudain, alors que je ne porte aucune attention aux passants, je ne sais quelle rapide tache, là, sur le trottoir de gauche, à l'entrée de la rue Saint-Georges, me fait presque mécaniquement frapper au carreau. C'est comme si Nadja venait de passer. Je cours, au hasard, dans une des trois directions qu'elle a pu prendre. C'est elle, en effet, que voici arrêtée, s'entretenant avec un homme qui, me semble-t-il, tout à l'heure l'accompagnait. Elle le quitte assez rapidement pour me rejoindre. Au café, la conversation s'engage mal. Voici deux jours consécutifs que je la rencontre : il est clair qu'elle est à ma merci. Ceci dit, elle se montre très réticente. Sa situation matérielle est tout à fait désespérée car, pour avoir chance de la rétablir, il lui faudrait ne pas me connaître. Elle me fait toucher sa robe, pour me montrer combien elle est solide, « mais cela au détriment de toute autre qualité ». Il ne lui est plus possible d'accroître ses dettes et elle est en butte aux menaces du tenancier de son hôtel et à ses suggestions effroyables. Elle ne fait aucun mystère du moyen qu'elle emploierait, si je n'existais pas, pour se procurer de l'argent, quoiqu'elle n'ait même plus la somme nécessaire pour se faire coiffer et se rendre au Claridge, où, fatalement… « Que veux-tu, me dit-elle en riant, l'argent me fuit. D'ailleurs, maintenant, tout est perdu. Une seule fois, je me suis trouvée en possession de vingt-cinq mille francs, que mon ami m'avait laissés. On m'a assuré qu'en quelques jours il m'était très facile de *tripler* cette somme, à condition d'aller l'échanger à La Haye contre de la cocaïne. On m'a confié trente-cinq autres mille francs destinés au même usage. Tout s'était bien passé. Deux jours plus tard je ramenais près de deux kilos de drogue dans mon sac. Le voyage s'effectuait dans les meilleures conditions. Pourtant, en descendant du train, j'entends comme une voix me dire : Tu ne passeras pas. Je suis à peine sur le quai qu'un monsieur, tout à fait inconnu, se porte à ma rencontre. "Pardon, me dit-il, c'est bien à mademoiselle D… que j'ai l'honneur de parler ? — Oui, mais pardonnez-moi, je ne sais… — Aucune importance, voici ma carte", et il me conduit au poste de police. Là, on me demande ce que j'ai dans mon sac. Je le dis, naturellement, tout en l'ouvrant. Voilà. On m'a relâchée le jour même, sur l'intervention d'un ami, avocat ou juge, nommé G… On ne m'en a pas demandé davantage et moi-même, tant j'étais émue, j'ai oublié de signaler que tout n'était pas dans mon sac, qu'il fallait aussi chercher sous le ruban de mon chapeau. Mais ce qu'on eût trouvé n'en valait pas la peine. Je l'ai gardé pour moi. Je te jure que depuis longtemps c'est fini. » Elle froisse maintenant dans sa main une lettre qu'elle me montre, C'est celle d'un homme rencontré un dimanche à la sortie du Théâtre-Français. Sans doute, dit-elle, un employé « puisqu'il a mis plusieurs jours à m'écrire, qu'il ne l'a fait qu'au commencement du mois ». Elle pourrait en ce moment lui téléphoner, à lui ou à quelque autre, mais ne s'y décide pas. Il est trop certain que l'argent la fuit. Quelle somme lui faudrait-il immédiatement? Cinq cents francs. Ne l'ayant pas sur moi, je ne me suis pas plus tôt offert à la lui remettre le lendemain que déjà toute inquiétude en elle s'est dissipée. Je goûte une fois de plus ce mélange adorable de légèreté et de ferveur. Avec respect je baise ses très jolies dents et elle alors, lentement, gravement, la seconde fois sur quelques notes plus haut que la première : « La communion se passe en silence… La communion se passe en silence. » C'est, m'explique-t-elle, que ce baiser la laisse sous l'impression de quelque chose de sacré, où ses dents « tenaient lieu d'hostie ».

8 octobre. — J'ouvre, en m'éveillant, une lettre d'Aragon, venant d'Italie et accompagnant la reproduction photographique du détail central d'un tableau d'Uccello que je ne connaissais pas. Ce tableau a pour titre : *La Profanation de l'Hostie* [1]. Vers la fin de la journée, qui s'est passée sans autre incident, je me rends au bar habituel (« À la Nouvelle

---

1. Je ne l'ai vu reproduit dans son ensemble que quelques mois plus tard. Il m'a paru lourd d'intentions cachées et, tout compte fait, d'une interprétation très délicate.

La Profanation de l'Hostie (p. 75).

France ») où j'attends vainement Nadja. Je redoute plus que jamais sa disparition. Ma seule ressource est d'essayer de découvrir où elle habite, non loin du Théâtre des Arts. J'y parviens sans peine : c'est au troisième hôtel où je m'adresse, l'hôtel du Théâtre, rue de Chéroy. Ne l'y trouvant pas, je laisse une lettre où je m'informe du moyen de lui faire parvenir ce que je lui ai promis.

9 octobre. — Nadja a téléphoné en mon absence. À la personne venue à l'appareil, qui lui demandait de ma part comment l'atteindre, elle a répondu : « On ne m'atteint pas. » Mais par pneumatique, un peu plus tard, elle m'invite à passer au bar à cinq heures et demie. Je l'y trouve en effet. Son absence de la veille tenait à un malentendu : nous avions, par exception, rendez-vous à « la Régence » et c'est moi qui l'avais oublié. Je lui remets l'argent[1]. Elle pleure. Nous sommes seuls lorsque entre un vieux quémandeur, comme je n'en ai jamais vu se présenter nulle part. Il offre quelques pauvres images relatives à l'histoire de France. Celle qu'il me tend, qu'il insiste pour que je prenne, a trait à certains épisodes des règnes de Louis VI et Louis VII (je viens précisément de m'occuper de cette époque, et ceci en fonction des « Cours d'Amour », de m'imaginer activement ce que pouvait être, alors, la conception de la vie). Le vieillard commente d'une manière très confuse chacune des illustrations, je n'arrive pas à comprendre ce qu'il dit de Suger[2]. Moyennant deux francs que je lui donne, puis, pour le faire partir, deux autres francs, il tient absolument à nous

---

1. Le triple de la somme prévue, ce qui ne va pas non plus sans coïncidence, je viens seulement de m'en apercevoir.
2. *Quand le maigre Suger se hâtait vers la Seine* (Guillaume Apollinaire). (1962.)

Je viens précisément de m'occuper de cette époque… (p. 77).

laisser toutes ses images, ainsi qu'une dizaine de cartes postales glacées en couleurs représentant des femmes. Impossible de l'en dissuader. Il se retire à reculons : « Dieu vous bénisse, mademoiselle. Dieu vous bénisse, monsieur. » Maintenant Nadja me fait lire des lettres qui lui ont été récemment adressées et que je ne goûte guère. Il en est d'éplorées, de déclamatoires, de ridicules qui sont signées de ce G… dont il a déjà été question. G… ? mais oui, c'est le nom de ce président d'assises qui, il y a quelques jours, au procès de la femme Sierri, accusée d'avoir empoisonné son amant, s'est permis un mot ignoble, tançant la prévenue de n'avoir même pas « la reconnaissance du ventre *(rires)* ». Justement Paul Éluard avait demandé qu'on retrouvât ce nom, oublié par lui et resté en blanc dans le manuscrit de la « revue de la presse », destinée à *La Révolution surréaliste*. J'observe avec malaise qu'au dos des enveloppes que j'ai sous les yeux est imprimée une balance.

10 octobre. — Nous dînons quai Malaquais, au restaurant Delaborde. Le garçon se signale par une maladresse extrême : on le dirait fasciné par Nadja. Il s'affaire inutilement à notre table, chassant de la nappe des miettes imaginaires, déplaçant sans motif le sac à main, se montrant tout à fait incapable de retenir la commande. Nadja rit sous cape et m'annonce que ce n'est pas fini. En effet, alors qu'il sert normalement les tables voisines, il répand du vin à côté de nos verres et, tout en prenant d'infinies précautions pour poser une assiette devant l'un de nous, en bouscule une autre qui tombe et se brise. Du commencement à la fin du repas (on entre de nouveau dans l'incroyable), je compte onze assiettes cassées. Chaque fois qu'il vient de la cuisine, il est vrai qu'il se trouve en face de nous, qu'alors il lève les yeux sur Nadja et paraît pris de vertige. C'est à la fois bur-

lesque et pénible. Il finit par ne plus s'approcher de notre
table, et nous avons grand-peine à achever de dîner. Nadja
n'est aucunement surprise. Elle se connaît ce pouvoir sur
certains hommes, entre autres ceux de race noire, qui, où
qu'elle soit, sont contraints de venir lui parler. Elle me
conte qu'à trois heures, au guichet de la station de métro
«Le Peletier», on lui a remis une pièce neuve de deux
francs, que tout le long de l'escalier elle a tenue serrée
entre ses mains. À l'employé qui poinçonne les billets elle a
demandé: «Tête ou pile?» Il a répondu pile. C'était bon.
«Vous demandiez, mademoiselle, si vous verriez tout à
l'heure votre ami. Vous le verrez.» Par les quais nous
sommes parvenus à la hauteur de l'Institut. Elle me reparle
de cet homme qu'elle appelle «Grand ami», et à qui elle me
dit devoir d'être qui elle est. «Sans lui je serais maintenant
la dernière des grues.» J'apprends qu'il l'endormait chaque
soir, après le dîner. Elle a mis plusieurs mois à s'en apparce-
voir. Il lui faisait narrer dans tous ses détails l'emploi de sa
journée, approuvait ce qu'il jugeait bon, blâmait le reste. Et
toujours ensuite une gêne physique localisée dans la tête
l'empêchait de refaire ce qu'il avait dû lui interdire. Cet
homme, perdu dans sa barbe blanche, qui a voulu qu'elle
ignorât tout de lui, lui fait l'effet d'un roi. Partout où elle est
entrée avec lui, il lui a semblé que sur son passage un mouvement d'attention très respectueuse se produisait. Pourtant, depuis lors, elle l'a revu un soir, sur le banc d'une
station de métro, et l'a trouvé très las, très négligé, très
vieilli. Nous tournons par la rue de Seine, Nadja résistant à
aller plus loin en ligne droite. Elle est à nouveau très distraite et me dit suivre sur le ciel un éclair que trace lentement une main. «Toujours cette main.» Elle me la montre
réellement sur une affiche, un peu au-delà de la librairie
Dorbon. Il y a bien là, très au-dessus de nous, une main
rouge à l'index pointé, vantant je ne sais quoi. Il faut abso-

lument qu'elle touche cette main, qu'elle cherche à atteindre en sautant et contre laquelle elle parvient à plaquer la sienne. «La main de feu, c'est à ton sujet, tu sais, c'est toi.» Elle reste quelque temps silencieuse, je crois qu'elle a les larmes aux yeux. Puis, soudain, se plaçant devant moi, m'arrêtant presque, avec cette manière extraordinaire de m'appeler, comme on appellerait quelqu'un, de salle en salle, dans un château vide: «André? André?... Tu écriras un roman sur moi. Je t'assure. Ne dis pas non. Prends garde: tout s'affaiblit, tout disparaît. De nous il faut que quelque chose reste... Mais cela ne fait rien: tu prendras un autre nom: quel nom, veux-tu que je te dise, c'est très important. Il faut que ce soit un peu le nom du feu, puisque c'est toujours le feu qui revient quand il s'agit de toi. La main aussi, mais c'est moins essentiel que le feu. Ce que je vois, c'est une flamme qui part du poignet, comme ceci (avec le geste de faire disparaître une carte) et qui fait qu'aussitôt la main brûle, et qu'elle disparaît en un clin d'œil. Tu trouveras un pseudonyme, latin ou arabe[1]. Promets. Il faut.» Elle se sert d'une nouvelle image pour me faire comprendre comment elle vit: c'est comme le matin quand elle se baigne et que son corps s'éloigne tandis qu'elle fixe la surface de l'eau. «Je suis la pensée sur le bain dans la pièce sans glaces.» Elle avait oublié de me faire part de l'étrange aventure qui lui est arrivée hier soir, vers huit heures, comme, se croyant seule, elle se promenait à mi-voix chantant et esquissant quelques pas de danse sous une galerie du Palais-Royal. Une vieille dame est apparue sur le pas d'une porte fermée et elle a cru que cette personne allait lui demander de l'argent. Mais elle était seulement en quête d'un crayon. Nadja lui

---

1. Sur la porte de beaucoup de maisons arabes, s'inscrit, me dit-on, une main rouge, au dessin plus ou moins schématique: la «main de Fatma».

CAMÉES DURS... (p. 83).

ayant prêté le sien, elle a fait mine de griffonner quelques mots sur une carte de visite avant de la glisser sous la porte. Par la même occasion elle a remis à Nadja une carte semblable, tout en lui expliquant qu'elle était venue pour voir « Madame Camée » et que celle-ci n'était malheureusement pas là. Ceci se passait devant le magasin au fronton duquel on peut lire les mots : CAMÉES DURS. Cette femme, selon Nadja, ne pouvait être qu'une sorcière. J'examine la carte de très petit format qu'elle me tend et tient à me laisser : « Madame Aubry-Abrivard, femme de lettres, 20, rue de Varenne, 3e étage, porte à droite. » (Cette histoire demanderait à être éclaircie.) Nadja, qui a rejeté un pan de sa cape sur son épaule, se donne, avec une étonnante facilité, les airs du Diable, tel qu'il apparaît dans les gravures romantiques. Il fait très sombre et très froid. En me rapprochant d'elle, je m'effraie de constater qu'elle tremble, mais littéralement, « comme une feuille ».

11 octobre. — Paul Éluard s'est présenté à l'adresse de la carte : personne. Sur la porte indiquée, épinglée, mais à l'envers, une enveloppe portant ces mots : « Aujourd'hui 11 octobre, Mme Aubry-Abrivard rentrera très tard, mais rentrera sûrement. » Je suis mal disposé à la suite d'un entretien qui s'est prolongé inutilement l'après-midi. De plus Nadja est arrivée en retard et je ne m'attends de sa part à rien d'exceptionnel. Nous déambulons par les rues, l'un près de l'autre, mais très séparément. Elle répète à plusieurs reprises, scandant de plus en plus les syllabes : « Le temps est taquin. Le temps est taquin parce qu'il faut que toute chose arrive à son heure. » Il est impatientant de la voir lire les menus à la porte des restaurants et jongler avec les noms de certains mets. Je m'ennuie. Nous passons boulevard Magenta devant le « Sphinx-Hôtel ». Elle me montre

(Photo J.-A. Boiffard)

Boulevard Magenta devant le « Sphinx-Hôtel »… (p. 83).

l'enseigne lumineuse portant ces mots qui l'ont décidée à descendre là, le soir de son arrivée à Paris. Elle y est demeurée plusieurs mois, n'y recevant d'autre visite que celle de ce « Grand ami » qui passait pour son oncle.

12 octobre. — Max Ernst, à qui j'ai parlé d'elle, accepterait-il de faire le portrait de Nadja ? Mme Sacco, me dit-il, a vu sur son chemin une Nadia ou Natacha qu'il n'aimerait pas et qui — ce sont à peu près ses termes — causerait un mal physique à la femme qu'il aime : cette contre-indication nous paraît suffisante. Peu après quatre heures, dans un café du boulevard des Batignolles, une fois de plus, je dois faire semblant de prendre connaissance de lettres de G..., pleines de supplications et accompagnées de poèmes stupides, démarqués de Musset. Puis Nadja me communique un dessin, le premier que je vois d'elle, et qu'elle a fait l'autre jour à « la Régence » en m'attendant. Elle veut bien m'éclairer les quelques éléments de ce dessin, à l'exception du masque rectangulaire dont elle ne peut rien dire, sinon qu'il lui apparaît ainsi. Le point noir qu'il présente au milieu du front est le clou par lequel il est fixé ; le long du pointillé se rencontre d'abord un crochet ; l'étoile noire, à la partie supérieure, figure l'idée. Mais ce qui, pour Nadja, fait l'intérêt principal de la page, sans que j'arrive à lui faire dire pourquoi, est la forme calligraphique des L. — Après dîner, autour du jardin du Palais-Royal, son rêve a pris un caractère mythologique que je ne lui connaissais pas encore. Elle compose un moment avec beaucoup d'art, jusqu'à en donner l'illusion très singulière, le personnage de Mélusine. À brûle-pourpoint elle me demande aussi : « Qui a tué la Gorgone, dis-moi, dis. » J'ai de plus en plus de peine à suivre son soliloque, que de longs silences commencent à me rendre intraduisible. En manière de diversion, je propose que nous

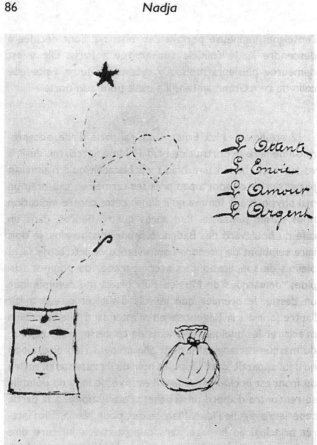

£ Attente
£ Envie
£ Amour
£ Argent

À l'exception du masque rectangulaire dont elle ne peut rien dire... (p. 85).

quittions Paris. Gare Saint-Lazare : va pour Saint-Germain,
mais le train part sous nos yeux. Nous en sommes réduits,
près d'une heure, à faire les cent pas dans le hall. Tout de
suite, comme l'autre jour, un ivrogne s'est mis à rôder
autour de nous. Il se plaint de ne pas retrouver son chemin
et voudrait que je le conduise dans la rue. Nadja s'est enfin
rapprochée. Comme elle me le fait constater, il est exact
que tous, même les plus pressés, se retournent sur nous,
que ce n'est pas elle qu'on regarde, que c'est *nous*. « Ils ne
peuvent y croire, vois-tu, ils ne se remettent pas de nous
voir ensemble. C'est si rare cette flamme dans les yeux que
tu as, que j'ai. » Dans ce compartiment où nous sommes
seuls, toute sa confiance, toute son attention, tout son
espoir me sont revenus. Si nous descendions au Vésinet ?
Elle suggère que nous nous promenions un peu dans la
forêt. Pourquoi pas ? Mais, comme je l'embrasse, soudain
elle pousse un cri. « Là (me montrant le haut de la glace de
la portière) il y a quelqu'un. Je viens de voir très nettement
une tête renversée. » Je la rassure tant bien que mal. Cinq
minutes plus tard, même jeu : « Je te dis qu'il est là, il a une
casquette. Non, ce n'est pas une vision. » Je me penche au-
dehors : rien sur la longueur du marchepied, ni sur l'escalier
du wagon voisin. Pourtant Nadja affirme qu'elle n'a pu se
tromper. Elle fixe obstinément le haut de la glace et
demeure très nerveuse. Par acquit de conscience, je me
penche une seconde fois au-dehors. J'ai le temps de voir,
très distinctement, se retirer la tête d'un homme couché à
plat ventre sur le toit du wagon, au-dessus de nous et qui
porte en effet une casquette d'uniforme. Sans doute un
employé de chemin de fer, qui n'a eu aucune peine à venir
là, de l'impériale du wagon voisin. À la station suivante,
comme Nadja se tient à la portière et que je suis de l'œil, à
travers la vitre, la silhouette des voyageurs, un homme seul,
avant de sortir de la gare, lui envoie un baiser. Un second

agit de même, un troisième. Elle reçoit avec complaisance et gratitude ces sortes d'hommages. Ils ne lui manquent jamais et elle paraît y tenir beaucoup. Au Vésinet, toutes lumières éteintes, impossible de se faire ouvrir aucune porte. Le vagabondage en forêt n'est plus très engageant. Force nous est d'attendre le prochain train, qui nous déposera à Saint-Germain vers une heure. En passant devant le château, Nadja s'est vue en Mme de Chevreuse ; avec quelle grâce elle dérobait son visage derrière la lourde plume inexistante de son chapeau !

. . . .

Se peut-il qu'ici cette poursuite éperdue prenne fin ? Poursuite de quoi, je ne sais, mais *poursuite*, pour mettre ainsi en œuvre tous les artifices de la séduction mentale. Rien — ni le brillant, quand on les coupe, de métaux inusuels comme le sodium — ni la phosphorescence, dans certaines régions, des carrières — ni l'éclat du lustre admirable qui monte des puits — ni le crépitement du bois d'une horloge que je jette au feu pour qu'elle meure en sonnant l'heure — ni le surcroît d'attrait qu'exerce *L'Embarquement pour Cythère* lorsqu'on vérifie que sous diverses attitudes il ne met en scène qu'un seul couple — ni la majesté des paysages de réservoirs — ni le charme des pans de murs, avec leurs fleurettes et leurs ombres de cheminées, des immeubles en démolition : rien de tout cela, rien de ce qui constitue pour moi ma lumière propre, n'a été oublié. Qui étions-nous devant la réalité, cette réalité que je sais maintenant couchée aux pieds de Nadja, comme un chien fourbe ? Sous quelle latitude pouvions-nous bien être, livrés ainsi à la fureur des symboles, en proie au démon de l'analogie, objet que nous nous voyions de démarches ultimes, d'attentions singulières, spéciales ? D'où vient que projetés ensemble, une fois pour toutes, si loin de la terre, dans les courts intervalles que nous laissait notre merveilleuse stupeur, nous ayons pu échanger quelques vues incroyablement concordantes par-dessus les décombres fumeux de la vieille pensée et de la sempiternelle vie ? J'ai pris, du premier au dernier jour, Nadja pour un génie libre, quelque chose comme un de ces esprits de l'air que certaines pratiques de magie permettent momentanément de s'attacher, mais qu'il ne saurait être question de se soumettre. Elle, je sais que dans toute la force du terme il lui est arrivé de me prendre pour un dieu, de croire que j'*étais* le soleil. Je me souviens aussi — rien à cet instant ne pouvait être à la fois plus beau et plus tragique — je me souviens de lui être apparu noir et froid comme un homme foudroyé aux pieds du Sphinx. J'ai vu ses yeux de fougère *s'ouvrir* le matin sur un monde où les battements d'ailes de l'espoir immense se distinguent à peine des autres bruits qui sont ceux de la terreur et, sur ce monde, je n'avais vu encore que des yeux se fermer. Je sais que ce *départ*, pour Nadja, d'un point où il est déjà si rare, si téméraire de vouloir arriver, s'effectuait au mépris de tout ce qu'il est convenu d'invoquer au moment où l'on se perd, très loin volontairement du dernier radeau, aux dépens de tout ce qui fait les fausses, mais les presque irrésistibles compensations de la vie. Là, tout en haut du château dans la tour de droite, il y a une pièce que, sans doute, on ne songerait pas à nous faire visiter, que nous visiterions peut-être mal — il n'y a guère lieu de le tenter — mais qui, d'après Nadja, est tout ce que nous aurions besoin de connaître à Saint-Germain, par exemple[1]. J'aime beaucoup ces hommes qui se

---

1. C'est Louis VI qui, au début du XIIe siècle, fit bâtir dans la forêt de Laye un château royal, origine du château actuel et de la ville de Saint-Germain.

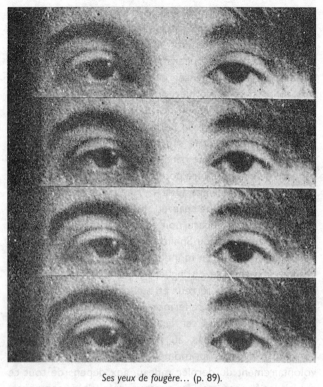

Ses yeux de fougère… (p. 89).

Là, tout en haut du château dans la tour de droite… (p. 89).

laissent enfermer la nuit dans un musée pour pouvoir contempler à leur aise, en temps illicite, un portrait de femme qu'ils éclairent au moyen d'une lampe sourde. Comment, ensuite, n'en sauraient-ils pas de cette femme beaucoup plus que nous n'en savons? Il se peut que la vie demande à être déchiffrée comme un cryptogramme. Des escaliers secrets, des cadres dont les tableaux glissent rapidement et disparaissent pour faire place à un archange portant une épée ou pour faire place à ceux qui doivent avancer toujours, des boutons sur lesquels on fait très indirectement pression et qui provoquent le déplacement en hauteur, en longueur, de toute une salle et le plus rapide changement de décor: il est permis de concevoir la plus grande aventure de l'esprit comme un voyage de ce genre au paradis des pièges. Qui est la vraie Nadja, de celle qui m'assure avoir erré toute une nuit, en compagnie d'un archéologue, dans la forêt de Fointainebleau, à la recherche de je ne sais quels vestiges de pierre que, se dira-t-on, il était bien temps de découvrir pendant le jour — mais si c'était la passion de cet homme! — je veux dire de la créature toujours inspirée et inspirante qui n'aimait qu'être dans la rue, pour elle seul champ d'expérience valable, dans la rue, à portée d'interrogation de tout être humain lancé sur une grande chimère, ou (pourquoi ne pas le reconnaître?) de celle qui *tombait*, parfois, parce qu'enfin d'autres s'étaient crus autorisés à lui adresser la parole, n'avaient su voir en elle que la plus pauvre de toutes les femmes et de toutes la plus mal défendue? Il m'est arrivé de réagir avec une affreuse violence contre le récit par trop circonstancié qu'elle me faisait de certaines scènes de sa vie passée, desquelles je jugeais, sans doute très extérieurement, que sa dignité n'avait pu sortir tout à fait sauve. Une histoire de coup de poing en plein visage qui avait fait jaillir le sang, un jour, dans un salon de la brasserie Zimmer, de coup de poing reçu d'un homme à qui elle se faisait le malin plaisir de se refuser, simplement parce qu'il était bas — et plusieurs fois elle avait crié au secours non sans prendre le temps, avant de disparaître, d'ensanglanter les vêtements de l'homme — faillit même, au début de l'après-midi du 13 octobre, comme elle me la contait sans raison, m'éloigner d'elle à jamais. Je ne sais quel sentiment d'absolue irrémédiabilité le récit assez narquois de cette horrible aventure me fit éprouver, mais j'ai pleuré longtemps après l'avoir entendu, comme je ne me croyais plus capable de pleurer. Je pleurais à l'idée que je ne devais plus revoir Nadja, non je ne le pourrais plus. Certes je ne lui en voulais aucunement de ne pas m'avoir caché ce qui maintenant me désolait, bien plutôt je lui en savais gré mais qu'elle eût pu un jour en être là, qu'à l'horizon, qui sait, pointassent peut-être encore pour elle de tels jours, je ne me sentais pas le courage de l'envisager. Elle était à ce moment si touchante, ne faisant rien pour briser la résolution que j'avais prise, puisant au contraire dans ses larmes la force de m'exhorter à suivre cette résolution ! En me disant adieu, à Paris, elle ne put pourtant s'empêcher d'ajouter très bas que c'était impossible, mais elle ne fit rien alors pour que ce fût plus impossible. Si ce le fut en définitive, cela ne dépendit que de moi.

J'ai revu Nadja bien des fois, pour moi sa pensée s'est éclaircie encore, et son expression a gagné en légèreté, en originalité, en profondeur. Il se peut que dans le même temps le désastre irréparable entraînant une partie d'elle-même et la plus humainement définie, le désastre dont j'avais eu notion ce jour-là m'ait éloigné d'elle peu à peu. Émerveillé que je continuais à être par cette manière de se diriger ne se fondant que sur la plus pure intuition et tenant sans cesse du prodige, j'étais aussi de plus en plus alarmé de sentir que, lorsque je la quittais, elle était reprise par le tourbillon de cette vie se poursuivant en dehors d'elle, acharnée à obtenir d'elle, entre autres concessions, qu'elle mangeât, qu'elle dormît. J'ai essayé quelque temps de lui en fournir le moyen, puisque aussi bien elle ne l'attendait que de moi. Mais comme certains jours elle paraissait vivre de ma seule présence, sans porter la moindre attention à mes paroles, ni même, lorsqu'elle m'entretenait de choses indifférentes ou se taisait, prendre garde le moins du monde à mon ennui, je doute fort de l'influence que j'ai pu avoir sur elle pour l'aider à résoudre normalement cette sorte de difficultés. C'est en vain qu'ici je multiplierais les exemples de faits d'ordre inhabituel, ne paraissant devoir bien concerner que nous et me disposant, somme toute, en faveur d'un certain finalisme qui permettrait d'expliquer la particularité de tout événement comme certains ont prétendu dérisoirement expliquer la particularité de toute chose[1], de faits, dis-je, dont Nadja et moi au même instant ayons été témoins ou dont l'un de nous seul ait été témoin. Je ne veux plus me souvenir, au courant des jours, que de quelques phrases, prononcées devant moi ou écrites d'un trait sous mes yeux par elle, phrases qui sont celles où je retrouve le mieux le ton de sa voix et dont la résonance en moi demeure si grande :

« Avec la fin de mon souffle, qui est le commencement du vôtre. »

« Si vous vouliez, pour vous je ne serais rien, ou qu'une trace. »

« La griffe du lion étreint le sein de la vigne. »

« Le rose est mieux que le noir, mais les deux s'accordent. »

---

1. Toute idée de justification téléologique dans ce domaine étant, on pense bien, écartée d'avance.

« Devant le mystère. Homme de pierre, comprends-moi. »

« Tu es mon maître. Je ne suis qu'un atome qui respire au coin de tes lèvres ou qui expire. Je veux toucher la sérénité d'un doigt mouillé de larmes. »

« Pourquoi cette balance qui oscillait dans l'obscurité d'un trou plein de boulets de charbon ? »

« Ne pas alourdir ses pensées du poids de ses souliers. »

« Je savais tout, j'ai tant cherché à lire dans mes ruisseaux de larmes. »

Nadja a a inventé pour moi une fleur merveilleuse : « la Fleur des amants ». C'est au cours d'un déjeuner à la campagne que cette fleur lui apparut et que je la vis avec une grande inhabileté essayer de la reproduire. Elle y revint à plusieurs reprises par la suite pour en améliorer le dessin et donner aux deux regards une expression différente. C'est essentiellement sous ce signe que doit être placé le temps que nous passâmes ensemble et il demeure le symbole graphique qui a donné à Nadja la clef de tous les autres. Plusieurs fois elle a tenté de faire mon portrait les cheveux dressés, comme aspirés par le vent d'en haut, tout pareils à de longues flammes. Ces flammes formaient aussi le ventre d'un aigle dont les lourdes ailes tombaient de part et d'autre de ma tête. À la suite d'une remarque inopportune que je lui avais faite sur un de ces derniers dessins, et sans doute le meilleur, elle en découpa malheureusement toute la partie inférieure, de beaucoup la plus insolite. Le dessin, daté du 18 novembre 1926, comporte un portrait symbolique d'elle et de moi : la sirène, sous la forme de laquelle elle se voyait toujours de dos et sous cet angle, tient à la main un rouleau de papier ; le monstre aux yeux fulgurants surgit d'une sorte de vase à tête d'aigle, rempli de plumes qui figurent les idées. « Le rêve du chat », représentant l'ani-

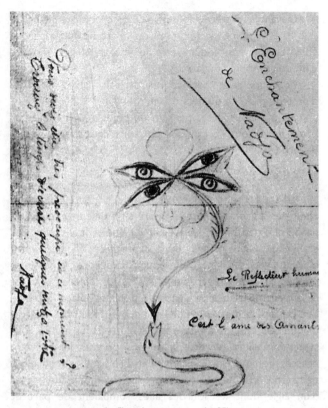

« La Fleur des amants »… (p. 95).

Un portrait symbolique d'elle et de moi... (p. 95).

« Le rêve du chat »… (p. 95).

mal debout qui cherche à s'échapper sans s'apercevoir qu'il est retenu au sol par un poids et suspendu au moyen d'une corde qui est aussi la mèche démesurément grossie d'une lampe renversée, reste pour moi plus obscur : c'est un découpage hâtif d'après une apparition. Découpage également, mais en deux parties, de manière à pouvoir varier l'inclinaison de la tête, l'ensemble constitué par un visage de femme et une main. « Le salut du Diable », comme « le rêve du chat », rend compte d'une apparition. Le dessin en forme de casque ainsi qu'un autre dessin ayant pour titre : « Un personnage nuageux », qui se prêterait mal à la reproduction, sont d'une autre veine : ils répondent au goût de chercher dans les ramages d'une étoffe, dans les nœuds du bois, dans les lézardes des vieux murs, des silhouettes qu'on parvient aisément à y voir. Dans celui-ci on distingue sans peine le visage du Diable, une tête de femme dont un oiseau vient becqueter les lèvres, la chevelure, le torse et la queue d'une sirène vue de dos, une tête d'éléphant, une otarie, le visage d'une autre femme, un serpent, plusieurs autres serpents, un cœur, une sorte de tête de bœuf ou de buffle, les branches de l'arbre du bien et du mal et une vingtaine d'autres éléments que la reproduction laisse un peu de côté mais qui en font un vrai bouclier d'Achille. Il y a lieu d'insister sur la présence de deux cornes d'animal, vers le bord supérieur droit, présence que Nadja elle-même ne s'expliquait pas car elles se présentaient à elle toujours ainsi, et comme si ce à quoi elles se rattachaient était de nature à masquer obstinément le visage de la sirène (c'est particulièrement sensible sur le dessin qui se trouve au dos de la carte postale). Quelques jours plus tard, en effet, Nadja, étant venue chez moi, a *reconnu* ces cornes pour être celles d'un grand masque de Guinée, qui a naguère appartenu à Henri Matisse et que j'ai toujours aimé et redouté en raison de son cimier monumental évoquant un

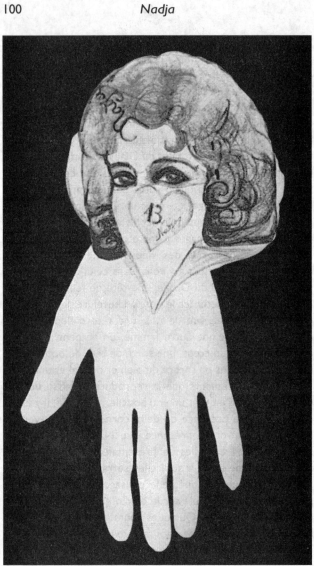

De manière à pouvoir varier l'inclinaison de la tête... (p. 99).

Dessins de Nadja… (p. 99).

Un vrai bouclier d'Achille... (p. 99).

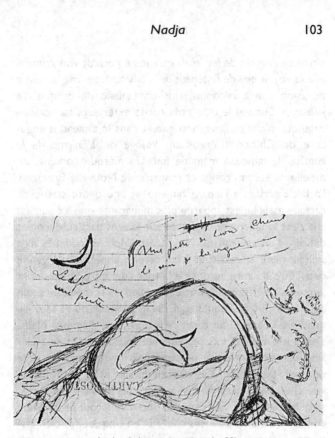

Au dos de la carte postale… (p. 99).

signal de chemin de fer, mais qu'elle ne pouvait voir comme elle le voyait *que de l'intérieur de la bibliothèque.* Par la même occasion elle a reconnu dans un tableau de Braque *(Le joueur de Guitare)* le clou et la corde extérieurs au personnage qui m'ont toujours intrigué et dans le tableau triangulaire de Chirico *(L'Angoissant Voyage* ou *L'Énigme de la Fatalité)* la fameuse main de feu. Un masque conique, en moelle de sureau rouge et roseaux, de Nouvelle-Bretagne, l'a fait s'écrier : « Tiens, Chimène ! », une petite statue de cacique assis lui est apparue plus menaçante que les autres ; elle s'est longuement expliquée sur le sens particulièrement difficile d'un tableau de Max Ernst *(Mais les hommes n'en sauront rien),* et cela tout à fait conformément à la légende détaillée qui figure au dos de la toile ; un autre fétiche dont je me suis défait était pour elle le dieu de la médisance ; un autre, de l'île de Pâques, qui est le premier objet sauvage que j'aie possédé, lui disait : « Je t'aime, je t'aime. » Nadja s'est aussi maintes fois représentée sous les traits de Mélusine qui, de toutes les personnalités mythiques, est celle dont elle paraît bien s'être sentie le plus près. Je l'ai même vue chercher à transporter autant que possible cette ressemblance dans la vie réelle, en obtenant à tout prix de son coiffeur qu'il distribuât ses cheveux en cinq touffes bien distinctes, de manière à laisser une étoile au sommet du front. Ils devaient en outre être tournés pour finir en avant des oreilles en cornes de bélier, l'enroulement de ces cornes étant aussi un des motifs auxquels elle se rapportait le plus souvent. Elle s'est plu à se figurer sous l'apparence d'un papillon dont le corps serait formé par une lampe « Mazda » (Nadja) vers lequel se dresserait un serpent charmé (et depuis je n'ai pu voir sans trouble cligner l'affiche lumineuse de « Mazda » sur les grands boulevards, qui occupe presque toute la façade de l'ancien théâtre du « Vaudeville », où précisément deux béliers mobiles s'affrontent, dans une

Le clou et la corde extérieurs au personnage qui m'ont toujours intrigué…
(p. 104).

L'Angoissant Voyage ou *L'Énigme de la Fatalité…* (p. 104).

« Tiens, Chimène ! »... (p. 104).

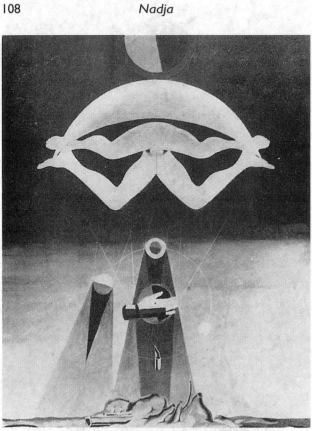

Mais les hommes n'en sauront rien... (p. 104).

«Je t'aime, je t'aime.»… (p. 104).

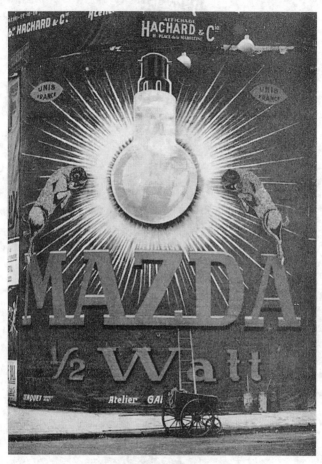

(Photo J.-A. Boiffard)

L'affiche lumineuse de « Mazda » sur les grands boulevards… (p. 104).

lumière d'arc-en-ciel). Mais les derniers dessins, alors inachevés, que m'a montrés Nadja lors de notre dernière rencontre, et qui ont dû disparaître dans la tourmente qui l'a emportée, témoignaient d'une tout autre science. (Avant notre rencontre elle n'avait jamais dessiné.) Là, sur une table devant un livre ouvert, une cigarette posée sur un cendrier, qui laisse échapper insidieusement un serpent de fumée, une mappemonde sectionnée pour pouvoir contenir des lis, entre les mains d'une femme très belle, tout était vraiment disposé pour permettre la descente de ce qu'elle appelait *le réflecteur humain*, tenu hors de portée par des serres, et dont elle disait qu'il est « le meilleur de tout ».

. . . .

J'avais, depuis assez longtemps, cessé de m'entendre avec Nadja. À vrai dire, peut-être ne nous sommes-nous jamais entendus, tout au moins sur la manière d'envisager les choses simples de l'existence. Elle avait choisi une fois pour toutes de n'en tenir aucun compte, de se désintéresser de l'heure, de ne faire aucune différence entre les propos oiseux qu'il lui arrivait de tenir et les autres qui m'importaient tant, de ne se soucier en rien de mes dispositions passagères et de la plus ou moins grande difficulté que j'avais à lui passer ses pires distractions. Elle n'était pas fâchée, je l'ai dit, de me narrer sans me faire grâce d'aucun détail les péripéties les plus lamentables de sa vie, de se livrer de-ci de-là à quelques coquetteries déplacées, de me réduire à attendre, le sourcil très foncé, qu'elle voulût bien passer à d'autres exercices, car il n'était bien sûr pas question qu'elle devînt *naturelle*. Que de fois, n'y tenant plus, désespérant de la ramener à une conception réelle de sa valeur, je me suis presque enfui, quitte à la retrouver le lendemain telle qu'elle savait être quand elle n'était pas, elle-même, désespérée, à me reprocher ma rigueur et à lui demander pardon! À ces déplorables égards, il faut avouer toutefois qu'elle me ménageait de moins en moins, que cela finissait par ne pas aller sans discussions violentes, qu'elle aggravait en leur prêtant des causes médiocres qui n'étaient pas. Tout ce qui fait qu'on peut vivre de la vie d'un être, sans jamais désirer obtenir de lui plus que ce qu'il donne, qu'il est amplement suffisant de le voir bouger ou se tenir immobile, parler ou se taire, veiller ou dormir, de ma part n'existait pas non plus, n'avait jamais existé: ce n'était que trop sûr. Il ne pouvait guère en être autrement, à considérer le monde qui était celui de Nadja, et où tout prenait si vite l'apparence de la montée et de la chute. Mais j'en juge *a posteriori* et je m'aventure en disant qu'il ne pouvait en être autrement. Quelque envie que j'en ai eue, quelque illusion peut-être aussi, je n'ai peut-être pas été à la hauteur de ce qu'elle me proposait. Mais que me proposait-elle? N'importe. Seul l'amour au sens où je l'entends — mais alors le mystérieux, l'improbable, l'unique, le confondant et l'indubitable amour — tel enfin qu'il ne peut être qu'à toute épreuve, eût pu permettre ici l'accomplissement du miracle.

On est venu, il y a quelques mois, m'apprendre que Nadja était folle. À la suite d'excentricités auxquelles elle s'était, paraît-il, livrée dans les couloirs de son hôtel, elle avait dû être internée à l'asile de Vaucluse. D'autres que moi épilogueront très inutilement sur ce fait, qui ne manquera pas de leur apparaître comme l'issue fatale de tout ce qui précède. Les plus avertis s'empresseront de rechercher la part qu'il convient de faire, dans ce que j'ai rapporté de Nadja, aux idées déjà délirantes et peut-être attribueront-ils à mon intervention dans sa vie, intervention pratiquement favorable au développement de ces idées, une valeur terriblement déterminante. Pour ce qui est de ceux du «Ah! alors», du «Vous voyez bien», du «Je me disais aussi», du «Dans ces conditions», de tous les crétins de bas étage, il va sans dire que je préfère les laisser en paix. L'essentiel est que pour Nadja je ne pense pas qu'il puisse y avoir une extrême différence entre l'intérieur d'un asile et l'extérieur. Il doit, hélas! y avoir tout de même une différence, à cause du bruit agaçant d'une clef qu'on tourne dans une serrure, de la misérable vue de jardin, de l'aplomb des gens qui vous interrogent quand vous n'en voudriez pas pour cirer vos chaussures, comme le professeur Claude à Sainte-Anne, avec ce front ignare et cet air buté qui le caractérisent («On vous veut du mal, n'est-ce pas? — Non, monsieur. — Il ment, la semaine dernière il m'a dit qu'on lui voulait du mal» ou encore: «Vous entendez des voix, eh bien, est-ce que ce sont des voix comme la mienne? — Non, monsieur. — Bon, il a des hallucinations auditives», etc.), de l'uniforme abject ni plus ni moins que tous les uniformes, de l'effort nécessaire, même, pour s'adapter à un tel milieu car c'est après tout un milieu et, comme tel, il exige dans une certaine mesure qu'on s'y adapte. Il ne faut jamais avoir pénétré dans un asile pour ne pas savoir qu'on y *fait* les fous tout comme dans les maisons de correction on fait les bandits. Est-il rien de plus odieux que ces appareils dits de conservation sociale qui, pour une peccadille, un premier manquement extérieur à la bienséance ou au sens commun, précipitent un sujet quelconque parmi d'autres sujets dont le côtoiement ne peut lui être que néfaste et surtout le privent systématiquement de relations avec tous ceux dont le sens moral ou pratique est mieux assis que le sien? Les journaux nous apprennent qu'au dernier congrès international de psychiatrie, dès la première séance, tous les délégués présents se sont mis d'accord

(Photo Henri Manuel)

Comme le professeur Claude à Sainte-Anne... (p. 113).

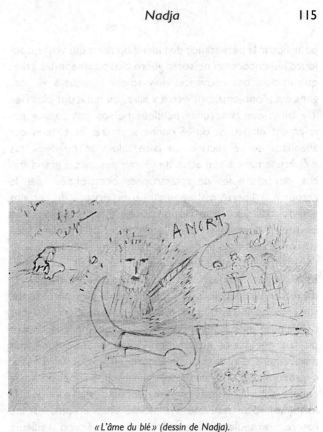

« L'âme du blé » (dessin de Nadja).

pour flétrir la persistance de l'idée populaire qui veut qu'aujourd'hui encore on ne sorte guère plus aisément des asiles qu'autrefois des couvents; qu'y soient retenus à vie des gens qui n'ont jamais eu rien à y faire, ou qui n'ont plus rien à y faire; que la sécurité publique ne soit pas aussi généralement en jeu qu'on le donne à croire. Et chacun des aliénistes de se récrier, de faire valoir un ou deux cas d'élargissement à son actif, de fournir surtout, à grand fracas, des exemples de catastrophes occasionnées par le retour à la liberté mal entendu ou prématuré de certains grands malades. Leur responsabilité étant toujours plus ou moins engagée en pareille aventure, ils laissaient bien entendre que dans le doute ils préféraient s'abstenir. Sous cette forme, pourtant, la question me paraît mal posée. L'atmosphère des asiles est telle qu'elle ne peut manquer d'exercer l'influence la plus débilitante, la plus pernicieuse, sur ceux qu'ils abritent, et cela dans le sens même où leur débilitation initiale les a conduits. Ceci, compliqué encore du fait que toute réclamation, toute protestation, tout mouvement d'intolérance n'aboutit qu'à vous faire taxer d'insociabilité (car, si paradoxal que ce soit, on vous demande encore dans ce domaine d'être sociable), ne sert qu'à la formation d'un nouveau symptôme contre vous, est de nature, non seulement à empêcher votre guérison si ailleurs elle devait survenir, mais encore à ne pas permettre que votre état demeure stationnaire et ne s'aggrave avec rapidité. De là ces évolutions si tragiquement promptes qu'on peut suivre dans les asiles et qui, bien souvent, ne doivent pas être celles d'une seule maladie. Il y a lieu de dénoncer, en matière de maladies mentales, le processus de ce passage à peu près fatal de l'aigu au chronique. Étant donné l'enfance extraordinaire et tardive de la psychiatrie, on ne saurait à aucun degré parler de cure réalisée dans ces conditions. Au reste, je pense que les aliénistes les plus consciencieux ne s'en soucient même pas. Il n'y a plus, au sens où l'on a coutume de l'entendre, d'internement arbitraire, soit, puisqu'un acte anormal prêtant à constatation objective et prenant un caractère délictueux dès lors qu'il est commis sur la voie publique, est à l'origine de ces détentions mille fois plus effroyables que les autres. Mais selon moi, tous les internements sont arbitraires. Je continue à ne pas voir pourquoi on priverait un être humain de liberté. Ils ont enfermé Sade ; ils ont enfermé Nietzsche ; ils ont enfermé Baudelaire. Le procédé qui consiste à venir vous surprendre la nuit, à vous passer la camisole de force ou de toute autre manière à vous maîtriser, vaut celui de la police, qui consiste à vous glisser un revolver dans la poche. Je sais que si j'étais fou, et depuis quelques jours interné, je profiterais d'une *rémission* que me laisserait mon délire pour assassiner avec froideur un de ceux, le médecin de préférence, qui me tomberaient sous la main. J'y gagnerais au moins de prendre place, comme les agités, dans un compartiment seul. On me ficherait peut-être la paix.

Le mépris qu'en général je porte à la psychiatrie, à ses pompes et à ses œuvres, est tel que je n'ai pas encore osé m'enquérir de ce qu'il était advenu de Nadja. J'ai dit pourquoi j'étais pessimiste sur son sort, en même temps que sur celui de quelques êtres de son espèce. Traitée dans une maison de santé particulière avec tous les égards qu'on doit aux riches, ne subissant aucune promiscuité qui pût lui nuire, mais au contraire réconfortée en temps opportun par des présences amies, satisfaite le plus possible dans ses goûts, ramenée insensiblement à un sens acceptable de la réalité, ce qui eût nécessité qu'on ne la brusquât en rien et qu'on prît la peine de la faire remonter elle-même à la naissance de son trouble, je m'avance peut-être, et pourtant tout me fait croire qu'elle fût sortie de ce mauvais pas. Mais Nadja était pauvre, ce qui au temps où nous vivons suffit à passer condamnation sur elle, dès qu'elle s'avise de ne pas être tout à fait en règle avec le code imbécile du bon sens et des bonnes mœurs. Elle était seule aussi : « C'est, par moments, terrible d'être seul à ce point. Je n'ai que vous pour amis », disait-elle à ma femme, au téléphone, la dernière fois. Elle était forte, enfin, et très faible, comme on peut l'être, de cette idée qui toujours avait été la sienne, mais dans laquelle je ne l'avais que trop entretenue, à laquelle je ne l'avais que trop aidée à donner le pas sur les autres : à savoir que la liberté, acquise ici-bas au prix de mille et des plus difficiles renoncements, demande à ce qu'on jouisse d'elle sans restrictions dans le temps où elle est donnée, sans considération pragmatique d'aucune sorte et cela parce que l'émancipation humaine, conçue en définitive sous sa forme révolutionnaire la plus simple, qui n'en est pas moins l'émancipation humaine *à tous égards,* entendons-nous bien, *selon les moyens dont chacun dispose,* demeure la seule cause qu'il soit digne de servir. Nadja était faite pour la servir, ne fût-ce qu'en démontrant qu'il doit se fomenter autour de chaque être un complot très particulier qui n'existe pas seulement dans son imagination, dont il conviendrait, au simple point de vue de la connaissance, de tenir compte, et aussi, mais beaucoup plus dangereusement, en passant la tête, puis un bras entre les barreaux ainsi écartés de la logique, c'est-à-dire de la plus haïssable des prisons. C'est dans la voie de cette dernière entreprise, peut-être, que j'eusse dû la retenir, mais il m'eût fallu tout d'abord prendre conscience du péril qu'elle courait. Or, je n'ai jamais supposé qu'elle pût perdre ou eût déjà perdu la *faveur* de cet instinct de conservation — auquel je me suis déjà référé — et qui fait qu'après tout mes amis et moi, par exemple, nous nous *tenons bien* — nous bornant à détourner la tête — sur le passage d'un drapeau, qu'en toute occasion nous ne prenons pas à partie qui bon nous semblerait, que nous ne nous donnons pas la joie sans pareille de commettre quelque beau «sacrilège», etc. Même si cela ne fait pas honneur à mon discernement, j'avoue qu'il ne me paraissait pas exorbitant, entre autres choses, qu'il arrivât à Nadja de me communiquer un papier signé «Henri Becque» dans lequel celui-ci lui donnait des conseils. Si ces conseils m'étaient défavorables, je me bornais à répondre: «Il est impossible que Becque, qui était un homme intelligent, t'ait dit cela.» Mais je comprenais fort bien, puisqu'elle était attirée par le buste de Becque, place Villiers, et qu'elle aimait l'expression de son visage, qu'elle tînt et qu'elle parvînt, sur certains sujets, à avoir son avis. Il n'y a là, à tout le moins, rien de plus déraisonnable que d'interroger sur ce qu'on doit faire un saint ou une divinité quelconque. Les lettres de Nadja, que je lisais de l'œil dont je lis toutes sortes de textes poétiques, ne pouvaient non plus présenter pour moi rien d'alarmant. Je n'ajouterai, pour ma défense, que quelques mots. L'absence bien connue de frontière entre la *non-folie* et la folie ne me dispose pas à accorder une valeur différente aux perceptions et aux idées qui sont le fait de l'une ou de l'autre. Il est des sophismes infiniment plus significatifs et plus lourds de portée que les vérités les moins contestables: les révoquer en tant que sophismes est à la fois dépourvu de grandeur et d'intérêt. Si sophismes c'étaient, du moins c'est à eux que je dois d'avoir pu me jeter à moi-même, à celui qui du plus loin vient à la rencontre de moi-même, le cri, toujours pathétique, de «Qui vive?». Qui vive? Est-ce vous, Nadja? Est-il vrai que l'*au-delà*, tout l'au-delà soit dans cette vie? Je ne vous entends pas. Qui vive? Est-ce moi seul? Est-ce moi-même?

(Photo André Bouin, 1962)

Le buste de Becque, place Villiers... (p. 119).

J'envie (c'est une façon de parler) tout homme qui a le temps de préparer quelque chose comme un livre, qui, en étant venu à bout, trouve le moyen de s'intéresser au sort de cette chose ou au sort qu'après tout cette chose lui fait. Que ne me laisse-t-il croire que chemin faisant s'est présentée à lui au moins une véritable occasion d'y renoncer! Il aurait passé outre et l'on pourrait espérer qu'il nous fît l'honneur de dire pourquoi. Par ce que je puis être tenté d'entreprendre de longue haleine, je suis trop sûr de démériter de la vie telle que je l'aime et qu'elle s'offre: de la vie *à perdre haleine*. Les espacements brusques des mots dans une phrase même imprimée, le trait qu'on jette en parlant au bas d'un certain nombre de propositions dont il ne saurait s'agir de faire la somme, l'élision complète des événements qui, d'un jour à l'autre ou à quelque autre, bouleversent de fond en comble les données d'un problème dont on a cru pouvoir faire attendre la solution, l'indéterminable coefficient affectif dont se chargent et se déchargent le long du temps les idées les plus lointaines qu'on songe à émettre aussi bien que les plus concrets des souvenirs, font que je n'ai plus le cœur de me pencher que sur l'intervalle qui sépare ces dernières lignes de celles qui, à feuilleter ce livre,

(Photo Henri Manuel)

*J'envie (c'est une façon de parler) tout homme qui a le temps de préparer
quelque chose comme un livre… (p. 121).*

paraîtraient deux pages plus tôt venir de finir[1]. Intervalle très court, négligeable pour un lecteur pressé et même un autre mais, il me faut bien dire, démesuré et d'un prix inappréciable pour moi. Comment pourrais-je me faire entendre ? Si je relisais cette histoire, de l'œil patient et en quelque sorte désintéressé que je serais sûr d'avoir, je ne sais guère, pour être fidèle à mon sentiment présent de moi-même, ce que j'en laisserais subsister. Je ne tiens pas à le savoir. Je préfère penser que de la fin d'août, date de son interruption, à la fin décembre, où cette histoire, me trouvant plié sous le poids d'une émotion intéressant, cette fois, le cœur plus encore que l'esprit, se détache de moi quitte à me laisser frémissant, j'ai vécu mal ou bien — comme on peut vivre — des meilleurs espoirs qu'elle préservait puis, me croira qui veut, de la réalisation même, de la réalisation intégrale, oui de l'invraisemblable réalisation de ces espoirs. C'est pourquoi la voix qui y passe me semble encore humainement pouvoir s'élever, pourquoi je ne répudie pas quelques rares accents que j'y ai mis. Alors que Nadja, la personne de Nadja est si loin… Ainsi que quelques autres. Et qu'apporté, qui sait, repris déjà par la Merveille, la Merveille en qui de la première à la dernière page de ce livre ma foi n'aura du moins pas changé, tinte à mon oreille un nom qui n'est plus le sien.

. . . .

---

1. Ainsi, j'observais par désœuvrement naguère, sur le quai du Vieux-Port, à Marseille, peu avant la chute du jour, un peintre étrangement scrupuleux lutter d'adresse et de rapidité sur sa toile avec la lumière déclinante. La tache correspondant à celle du soleil descendait peu à peu avec le soleil. En fin de compte il n'en resta rien. Le peintre se trouva soudain très en retard. Il fit disparaître le rouge d'un mur, chassa une ou deux lueurs qui restaient sur l'eau. Son tableau, fini pour lui et pour moi le plus inachevé du monde, me parut très triste et très beau.

J'ai commencé par revoir plusieurs des lieux auxquels il arrive à ce récit de conduire ; je tenais, en effet, tout comme de quelques personnes et de quelques objets, à en donner une image photographique qui fût prise sous l'angle spécial dont je les avais moi-même considérés. À cette occasion, j'ai constaté qu'à quelques exceptions près ils se défendaient plus ou moins contre mon entreprise, de sorte que la partie illustrée de *Nadja* fût, à mon gré, insuffisante : Becque entouré de palissades sinistres, la direction du Théâtre Moderne sur ses gardes, Pourville morte et désillusionnante comme aucune ville de France, la disparition de presque tout ce qui se rapporte à *L'Étreinte de la Pieuvre*, et surtout, j'y tenais essentiellement bien qu'il n'en ait pas été autrement question dans ce livre, l'impossibilité d'obtenir l'autorisation de photographier l'adorable leurre qu'est, au musée Grévin, cette femme feignant de se dérober dans l'ombre pour attacher sa jarretelle et qui, dans sa pose immuable, est la seule statue que je sache à avoir des *yeux* : ceux mêmes de la provocation[1]. Tandis que le boulevard

---

1. Il ne m'avait pas été donné de dégager jusqu'à ce jour tout ce qui, dans l'attitude de Nadja à mon égard, relève de l'application d'un principe de subversion totale, plus ou moins conscient, dont je ne retiendrai pour exemple que ce fait : un soir que je conduisais une automobile sur la route de Versailles à Paris, une femme à mon côté qui était Nadja, mais qui eût pu, n'est-ce pas, être toute autre, et même *telle autre*, son pied maintenant le mien pressé sur l'accélérateur, ses mains cherchant à se poser sur mes yeux, dans l'oubli que procure un baiser sans fin, voulait que nous n'existassions plus, sans doute à tout jamais, que l'un pour l'autre, qu'ainsi à toute allure nous nous portassions à la rencontre des beaux arbres. Quelle épreuve pour l'amour, en effet. Inutile d'ajouter que je n'accédai pas à ce désir. On sait où j'en étais alors, où, à ma connaissance, j'en ai presque toujours été avec Nadja. Je ne lui sais pas moins gré de m'avoir révélé, de façon terriblement saisissante, à quoi une recon-

(Photo Pablo Voita, 1959)

Au musée Grévin… (p. 124).

Bonne-Nouvelle, après avoir, malheureusement en mon absence de Paris, lors des magnifiques journées de pillage dites «Sacco-Vanzetti» semblé répondre à l'attente qui fut la mienne, en se désignant vraiment comme un des grands points stratégiques que je cherche en matière de désordre et sur lesquels je persiste à croire que me sont fournis obscurément des repères, — à moi comme à tous ceux qui cèdent de préférence à des instances semblables, pourvu que le sens le plus absolu de l'amour ou de la révolution soit en jeu et entraîne la négation de tout le reste —; tandis que le boulevard Bonne-Nouvelle, les façades de ses cinémas repeintes, s'est depuis lors immobilisé pour moi comme si la Porte Saint-Denis venait de se fermer, j'ai vu renaître et à nouveau mourir le Théâtre des Deux-Masques, qui n'était plus que le Théâtre du Masque et qui, toujours rue Fontaine, n'était plus qu'à mi-distance de chez moi. Etc. C'est drôle, comme disait cet abominable jardinier. Mais ainsi en va, n'est-ce pas, du monde extérieur, cette histoire à dormir debout. Ainsi fait le temps, un temps à ne pas mettre un chien dehors.

Ce n'est pas moi qui méditerai sur ce qu'il advient de «la forme d'une ville», même de la vraie ville distraite et abs-

---

naissance commune de l'amour nous eût engagés à ce moment. Je me sens de moins en moins capable de résister à pareille tentation *dans tous les cas*. Je ne puis moins faire qu'en rendre grâces, dans ce dernier souvenir, à celle qui m'en a fait comprendre presque la nécessité. C'est à une puissance extrême de défi que certains êtres très rares qui peuvent les uns des autres tout attendre et tout craindre se reconnaîtront toujours. Idéalement au moins je me retrouve souvent les yeux bandés, au volant de cette voiture sauvage. Mes amis, de même qu'ils sont ceux chez lesquels je suis sûr de trouver *refuge* quand ma tête vaudrait son pesant d'or, et qu'ils courraient un risque immense à me cacher, — ils me sont redevables seulement de cet espoir tragique que je mets en eux, — de même, en matière d'amour, il ne saurait être question pour moi que, dans toutes les conditions requises, de reprendre cette promenade nocturne.

traite de celle que j'habite par la force d'un élément qui serait à ma pensée ce que l'air passe pour être à la vie. Sans aucun regret, à cette heure je la vois devenir autre et même fuir. Elle glisse, elle brûle, elle sombre dans le frisson d'herbes folles de ses barricades, dans le rêve des rideaux de ses chambres où un homme et une femme continueront indifféremment à s'aimer. Je laisse à l'état d'ébauche ce paysage mental, dont les limites me découragent, en dépit de son étonnant prolongement du côté d'Avignon, où le Palais des Papes n'a pas souffert des soirs d'hiver et des pluies battantes, où un vieux pont a fini par céder sous une chanson enfantine, où une main merveilleuse et intrahissable m'a désigné il n'y a pas encore assez longtemps une vaste plaque indicatrice bleu ciel portant ces mots : LES AUBES. En dépit de ce prolongement et de tous les autres, qui me servent à planter une étoile au cœur même du *fini*. Je devine et cela n'est pas plus tôt établi que j'ai déjà deviné. N'empêche que s'il faut attendre, s'il faut vouloir être sûr, s'il faut prendre des précautions, s'il faut faire au feu la part du feu, et seulement la part, je m'y refuse absolument. Que la grande inconscience vive et sonore qui m'inspire mes seuls actes probants dispose à tout jamais de tout ce qui est moi. Je m'ôte à plaisir toute chance de lui reprendre ce qu'ici à nouveau je lui donne. Je ne veux encore une fois reconnaître qu'elle, je veux ne compter que sur elle et presque à loisir parcourir ses jetées immenses, fixant moi-même un point brillant que je sais être dans mon œil et qui m'épargne de me heurter à ses ballots de nuit.

On m'a conté naguère une si stupide, une si sombre, une si émouvante histoire. Un monsieur se présente un jour dans un hôtel et demande à louer une chambre. Ce sera le numéro 35. En descendant, quelques minutes plus tard, et tout en remettant la clef au bureau : « Excusez-moi, dit-il, je n'ai aucune mémoire. Si vous permettez, chaque fois que je

(Photo Valentine Hugo)

Une vaste plaque indicatrice bleu ciel... (p. 127).

rentrerai, je vous dirai mon nom: Monsieur Delouit[1]. Et chaque fois vous me répéterez le numéro de ma chambre. — Bien, monsieur.» Très peu de temps après il revient, entrouvre la porte du bureau: «Monsieur Delouit. — C'est le numéro 35. — Merci.» Une minute plus tard, un homme extraordinairement agité, les vêtements couverts de boue, ensanglanté et n'ayant presque plus figure humaine, s'adresse au bureau: «Monsieur Delouit. — Comment, M. Delouit? Il ne faut pas nous la faire. M. Delouit vient de monter. — Pardon, c'est moi... Je viens de tomber par la fenêtre. Le numéro de ma chambre, s'il vous plaît?»

. . . .

C'est cette histoire que, moi aussi, j'ai obéi au désir de *te* conter, alors que je te connaissais à peine, toi qui ne peux plus te souvenir, mais qui ayant, comme par hasard, eu connaissance du début de ce livre, es intervenue si opportunément, si violemment et si efficacement auprès de moi sans doute pour me rappeler que je le voulais «battant comme une porte» et que par cette porte je ne verrais sans doute jamais entrer que toi. Entrer et sortir que toi. Toi qui de tout ce qu'ici j'ai dit n'auras reçu qu'un peu de pluie sur ta main levée vers «LES AUBES». Toi qui me fais tant regretter d'avoir écrit cette phrase absurde et irrétractable sur l'amour, le seul amour, «tel qu'il ne peut être qu'à toute épreuve». Toi qui, pour tous ceux qui m'écoutent, ne dois pas être une entité mais une femme, toi qui n'es rien tant qu'une femme, malgré tout ce qui m'en a imposé et m'en impose en toi pour que tu sois la Chimère. Toi qui fais admirablement *tout* ce que tu fais et dont les raisons splen-

---

1. J'ignore l'orthographe de ce nom.

dides, sans confiner pour moi à la déraison, rayonnent et tombent mortellement comme le tonnerre. Toi la créature la plus vivante, qui ne parais avoir été mise sur mon chemin que pour que j'éprouve dans toute sa rigueur la force de ce qui n'est pas éprouvé en toi. Toi qui ne connais le mal que par ouï-dire. Toi, bien sûr, idéalement belle. Toi que tout ramène au point du jour et que par cela même je ne reverrai peut-être plus...

Que ferais-je sans toi de cet amour du génie que je me suis toujours connu, au nom duquel je n'ai pu moins faire que tenter quelques reconnaissances çà et là? Le génie, je me flatte de savoir où il est, presque en quoi il consiste et je le tenais pour capable de se concilier toutes les autres grandes ardeurs. Je crois aveuglément à ton génie. Ce n'est pas sans tristesse que je retire ce mot, s'il t'étonne. Mais je veux alors le bannir tout à fait. Le génie... que pourrais-je encore bien attendre des quelques possibles intercesseurs qui me sont apparus sous ce signe et que j'ai cessé d'avoir auprès de toi!

Sans le faire exprès, tu t'es substituée aux formes qui m'étaient les plus familières, ainsi qu'à plusieurs figures de mon pressentiment. Nadja était de ces dernières, et il est parfait que tu me l'aies cachée.

Tout ce que je sais est que cette substitution de personnes s'arrête à toi, parce que rien ne t'est substituable, et que pour moi c'était de toute éternité devant toi que devait prendre fin cette succession d'énigmes.

Tu n'es pas une énigme pour moi.

Je dis que tu me détournes pour toujours de l'énigme.

Puisque tu existes, comme toi seule sais *exister*, il n'était peut-être pas très nécessaire que ce livre existât. J'ai cru pouvoir en décider autrement, en souvenir de la conclusion que je voulais lui donner avant de te connaître et que ton irruption dans ma vie n'a pas à mes yeux rendue vaine.

Cette conclusion ne prend même son vrai sens et toute sa force qu'à travers toi.

Elle me sourit comme parfois tu m'as souri, derrière de grands buissons de larmes. «C'est encore l'amour», disais-tu, et plus injustement il t'est arrivé de dire aussi : «Tout ou rien.»

Je ne contredirai jamais à cette formule, dont s'est armée une fois pour toutes la passion, en se portant à la défense du monde contre lui-même. Au plus m'aviserais-je de l'interroger sur la nature de ce «tout», si, à ce sujet, pour être la passion, il ne fallait pas qu'elle fût hors d'état de m'entendre. Ses *mouvements divers*, même dans la mesure où j'en suis victime, — et qu'elle soit jamais capable ou non de m'ôter la parole, de me retirer le droit à l'existence, — comment m'arracheraient-ils tout entier à l'orgueil de la connaître, à l'humilité absolue que je me veux devant elle et devant elle seule ? Je n'en appellerai pas de ses arrêts les plus mystérieux, les plus durs. Autant vouloir arrêter le cours du monde, en vertu de je ne sais quelle puissance illusoire qu'elle donne sur lui. Autant nier que «chacun veut et croit être meilleur que ce monde qui est sien, mais [que] celui qui est meilleur ne fait qu'exprimer mieux que d'autres ce monde même[1]».

. . . .

Une certaine attitude en découle nécessairement à l'égard de la beauté, dont il est trop clair qu'elle n'a jamais été envisagée ici qu'à des fins passionnelles. Nullement statique, c'est-à-dire enfermée dans son «rêve de pierre», perdue pour l'homme dans l'ombre de ces Odalisques, au fond de ces tragédies qui ne prétendent cerner qu'un seul jour, à peine moins dynamique, c'est-à-dire soumise à ce

---

1. Hegel.

galop effréné après lequel n'a plus qu'à commencer effréné un autre galop, c'est-à-dire plus étourdie qu'un flocon dans la neige, c'est-à-dire résolue, de peur d'être mal étreinte, à ne se laisser jamais embrasser : ni dynamique ni statique, la beauté je la vois comme je t'ai vue. Comme j'ai vu ce qui, à l'heure dite et pour un temps dit, dont j'espère et de toute mon âme je crois qu'il se laissera redire, t'accordait à moi. Elle est comme un train qui bondit sans cesse dans la gare de *Lyon* et dont je sais qu'il ne va jamais partir, qu'il n'est pas parti. Elle est faite de saccades, dont beaucoup n'ont guère d'importance, mais que nous savons destinées à amener une *Saccade*, qui en a. Qui a toute l'importance que je ne voudrais me donner. L'esprit s'arroge un peu partout des droits qu'il n'a pas. La beauté, ni dynamique ni statique. Le cœur humain, beau comme un sismographe. Royauté du silence... Un journal du matin suffira toujours à me donner de mes nouvelles :

« *X...*, 26 décembre. — *L'opérateur chargé de la station de télégraphie sans fil située à* L'Île du Sable, *a capté un fragment de message qui aurait été lancé dimanche soir à telle heure par le... Le message disait notamment :* "Il y a quelque chose qui ne va pas" *mais il n'indiquait pas la position de l'avion à ce moment, et, par suite de très mauvaises conditions atmosphériques et des interférences qui se produisaient, l'opérateur n'a pu comprendre aucune autre phrase, ni entrer de nouveau en communication.*

« *Le message était transmis sur une longueur d'onde de 625 mètres ; d'autre part, étant donné la force de réception, l'opérateur a cru pouvoir localiser l'avion dans un rayon de 80 kilomètres autour de* L'Île du Sable. »

La beauté sera CONVULSIVE ou ne sera pas.

Du tableau

au texte

Alain Jaubert

Du tableau au texte

L'Énigme de la fatalité
de Giorgio De Chirico

… les perspectives des trois bâtiments ne s'accordent pas…

C'est une peinture à l'huile sur toile de format triangulaire. Un triangle très pointu : la base mesure 95,5 centimètres et sa hauteur est de 138 centimètres. Des bâtiments à arcades, de couleur brun olivâtre, occupent plus de la moitié de la surface. Entre ces bâtiments, dans une mince échancrure, une haute cheminée de briques se dresse et, dans le haut de la composition, se détache sur un ciel bleu légèrement teinté de vert, plus clair vers le bas. Une grande main rouge aux formes raides descend de la partie droite du tableau et pointe jusqu'à le toucher vers un damier dont la dernière rangée à gauche est tronquée. Une autre arcade s'ouvre sous l'architecture de gauche et la cheminée. Alors que dans leur ouverture il n'y a que du noir, l'intérieur des arches est éclairé par une lumière qui semble venir d'en bas et à gauche pour celles de gauche, d'en bas et à droite pour celles de droite. Au-dessus des deux architectures principales, des fenêtres ouvrent sur le ciel. Si la cheminée paraît bien vue d'en bas, les perspectives des trois bâtiments ne s'accordent pas entre elles, et le damier tronqué semble flotter à mi-hauteur, cachant la base des arcades de gauche. Sur la dernière case du damier à droite, la signature et la date : « G. de Chirico 1914 ». Intitulé *L'Énigme de la fatalité*, le tableau a appartenu à Paul Guillaume puis a été acheté par André Breton. Revendu deux fois, il appartiendra enfin à la collection d'Emmanuel Hoffman et, en 1953, sera déposé par la fondation Hoffman au Kunstmuseum de Bâle.

… la peinture des pinacles de retables gothiques…

Ce format très exceptionnel n'était utilisé dans la peinture classique, et seulement à très petite échelle, que pour la peinture des pinacles de retables gothiques : on plaçait souvent des portraits de saints ou d'anges dans les hauteurs de ces grandes peintures d'autel terminées par des flèches. Giorgio De Chirico (1888-1978) peint cette même année 1914 un autre tableau de forme inusitée, *La Sérénité du savant*, un trapèze, qui appartient aujourd'hui à une collection new-yorkaise. Ces formes sont uniques dans l'œuvre du peintre. Le format triangulaire est utilisé par un contemporain de De Chirico, le futuriste Giacomo Balla (1871-1958). Barnett Newman (1905-1970) peindra en 1969 un tableau triangulaire dont le titre, *Chartres*, rappelle justement l'idée de forme architecturale. Mais le triangle reste très rare dans l'art pictural du XXe siècle.

… à l'écart du cubisme comme du futurisme…

Un témoin de l'époque se souvient d'avoir vu ce tableau insolite fin mai 1914 dans l'atelier que De Chirico occupait rue Campagne-Première, dans le quatorzième arrondissement de Paris. Né en Grèce en 1888 de parents italiens, le peintre avait fait des études à l'Académie d'Athènes. Sa formation définitive a lieu à Munich entre 1906 et 1909 où il est très attiré par la peinture d'Arnold Böcklin (1827-1901) et par celle de Max Klinger (1857-1920). Des séjours à Rome, à Ferrare et à Turin ont une influence décisive sur son futur vocabulaire pictural. Installé à Paris de 1911 à 1914, il y rencontre Guillaume Apollinaire (1880-1918) et Pablo Picasso (1881-1973) qui le mettent en rapport avec toute l'avant-garde picturale et littéraire, mais son goût de la culture antique et du classicisme le fait se tenir à l'écart du cubisme comme du futurisme. Il développe un style de peinture assez particulier : des paysages oniriques mettant en scène de vastes espaces architecturaux inspirés des places et des arcades d'Italie et, très souvent, vides de toute présence humaine.

... les énigmes du temps et de l'espace...

Ce style de peinture que De Chirico partage avec quelques autres peintres italiens est alors baptisé « peinture métaphysique » : l'art est sans lien avec une prétendue réalité, il doit traduire les énigmes du temps et de l'espace, les illuminations de l'instant. Jean Cocteau (1889-1963) écrit sur De Chirico un essai, *Le Mystère laïc*, expression qui résume bien l'apport du peintre. De Chirico a abondamment commenté son expérience et ses recherches. « Après avoir lu les ouvrages de Frédéric Nietzsche », raconte-t-il dans ses notes parisiennes de l'hiver 1911-1912, « je m'aperçus qu'il y a une foule de choses étranges, inconnues, solitaires, qui peuvent être traduites en peinture; j'y réfléchis longtemps. Alors j'ai commencé à avoir les premières révélations. Je dessinais moins, j'avais même un peu oublié, mais chaque fois que je le faisais c'était poussé par une nécessité. Je compris alors certaines sensations vagues que je ne m'expliquais pas avant. Le langage qu'ont quelquefois les choses en ce monde; les saisons de l'année et les heures du jour. Les époques de l'histoire aussi. »

De Chirico reviendra plusieurs fois sur l'influence de la pensée de Nietzsche (1844-1900). L'idée fondamentale du peintre, dans la lignée du philosophe allemand, est de capter cette révélation qui « peut naître tout à coup, quand nous l'attendons le moins, et peut être aussi provoquée par la vue de quelque chose comme un édifice, une rue, un jardin, une place publique, etc. ». Il écrit aussi à la même époque : « Sur la terre, il y a bien plus d'énigmes dans l'ombre d'un homme qui marche au soleil que dans toutes les religions passées, présentes et futures. » De son côté, le frère cadet de De Chirico, Andrea, devenu le grand écrivain italien Alberto Savinio (1891-1952), répond un jour à un ami qui lui demandait ce qu'était vraiment cette « métaphysique » : « Ce n'est rien. C'est dans la famille : une expression familiale, la capacité de transformer, à force de réflexion et de recherches, une impression individuelle en intuition universelle. »

… ses tableaux ont beaucoup frappé les poètes…

Les grands tableaux de De Chirico des années 1910-1919 sont aujourd'hui immensément célèbres : villes de rêve aux espaces et architectures énigmatiques, avec statues, cheminées, arcades, ombres dures, ciel bleu et vide. Et, appréciés des illustrateurs, ils ont été mis au service des causes les plus diverses. Lors des premières expositions parisiennes, ils ont beaucoup frappé les poètes. Apollinaire se fait le chantre du peintre italien : « Giorgio De Chirico construit dans le calme et la méditation des compositions harmonieuses et mystérieuses. » Mais c'est surtout André Breton (1896-1966) qui se prend un temps d'enthousiasme pour De Chirico : « J'estime qu'une véritable mythologie moderne est en formation. C'est à Giorgio De Chirico qu'il appartient d'en fixer impérissablement le souvenir », écrit-il dans le catalogue de l'exposition organisée par Paul Guillaume en 1922. Hélas, au moment où Breton écrivait ces mots, De Chirico avait déjà changé de style et allait vite être rejeté par ses anciens amis. Entre-temps, il aura durablement influencé René Magritte (1898-1967), Yves Tanguy (1900-1855) et Salvador Dalí (1904-1989).

… la seconde solitude serait celle des signes…

Ce qui intrigue surtout le spectateur dans ce tableau, c'est l'absence de toute présence humaine et une sorte de silence imposé qui règne sur le décor. De Chirico s'est souvent fait l'apôtre du silence : « Avant que l'homme parût sur la terre, le dieu silence régnait partout, invisible et présent… Dieu a créé le monde en silence…Toute création se fait dans le silence ; après ses forces occultes font naître le bruit ou plutôt les bruits de par le vaste monde… » Et aussi : « Pour ce qui est de la peinture, il faut la regarder en silence. » Certes, tous les accessoires du petit théâtre de De Chirico, cheminée, décors, damier, main rouge, sont façonnés par une main humaine mais la scène a été désertée et il n'y a pas même la trace d'une activité quelconque : par exemple, une fumée pourrait sortir de la cheminée. Ce n'est pas le cas de tous ses tableaux, mais il est vrai que le vide et le silence comptent au nombre de ses obsessions. Il raconte : « Je me souviens de l'impression étrange et profonde qu'une image dans un vieux livre, qui s'intitulait *La Terre avant le Déluge,* avait produite sur moi quand j'étais petit. L'image représentait un paysage à l'ère tertiaire. L'homme n'existait pas encore. J'ai souvent réfléchi à ce phénomène étrange de l'absence humaine dans l'aspect métaphysique. Toute œuvre d'art profonde contient deux solitudes : l'une, que nous pourrions appeler solitude plastique, et qui est bonheur contemplatif que nous donnent la construction et la combinaison géniales des formes (matières ou éléments morts-vivants ou vivants-morts ; la deuxième vie des natures mortes, nature morte prise non pas dans le sens de sujet pictural, mais d'aspect spectral, qui pourrait être aussi celle d'une figure supposée vivante) ; la seconde solitude serait celle des signes ; solitude éminemment métaphysique, et pour laquelle toute possibilité logique d'éducation visuelle ou psychique est *a priori* exclue. »

… la cheminée d'usine qui se dresse…

Et pourtant le tableau n'est pas la traduction d'une pure rêverie. On y retrouve plusieurs des objets qui hantent le peintre à cette époque et dont il semble avoir fait volontairement son catalogue exclusif. Au centre, la cheminée d'usine qui se dresse entre les deux architectures. Dès ses premiers tableaux, De Chirico a peint des tours en s'inspirant de monuments romains. Il est ensuite passé aux superstructures industrielles. Déjà le grand poète italien Giacomo Leopardi (1798-1837) avait souligné à plusieurs reprises dans le *Zibaldone*, son journal, les sensations curieuses que produisaient les bâtiments élevés : « Une usine, une tour, etc., vue de manière à ce qu'elle paraisse se dresser au-dessus de l'horizon qu'on ne voit pas, crée un contraste très efficace et sublime entre le fini et l'infini. » La cheminée d'usine apparaît chez De Chirico au printemps de 1913. Dans *Composition métaphysique*, il y a deux cheminées, comme dans un tableau de l'année suivante, *L'Énigme d'une journée*. La cheminée est présente aussi dans *L'Angoisse du départ* (1913-1914) ou dans *La Conquête du philosophe* (1914). Elle est énorme, à l'arrière-plan d'une place où figurent un canon sur son affût et une statue blanche sur son socle dans *La Surprise* (1913). Il faut savoir que même en plein Paris, et surtout non loin de l'atelier de De Chirico à Montparnasse, les cheminées d'usines étaient encore nombreuses et se dressaient dans des espaces clos de grands murs où se projetaient leurs ombres. Cette présence obsédante au cœur même de la ville avait frappé Apollinaire qui avait chanté dans *Vendémiaire* l'architecture industrielle et souligné la symbolique phallique de ces objets voyants :

> Ô Paris nous voici boissons vivantes
> Les viriles cités où dégoisent et chantent
> Les métalliques saints de nos saintes usines
> Nos cheminées à ciel ouvert engrossent les nuées
> Comme fit autrefois l'Ixion mécanique.

Et c'est sans doute Apollinaire qui incita De Chirico à s'emparer de ces symboles dionysiaques.

… chaque fenêtre possédait un esprit…

Les bâtiments à arcades apparaissent aussi constamment dans les tableaux de ces années-là. À Rome ou à Florence, le peintre avait dessiné des études d'arcades. Les ruines romaines et les places d'Italie étaient pour lui comme des métaphores poétiques : « À Rome, le sens du présage a quelque chose de plus vaste. Une sensation de grandeur infinie et lointaine, la même sensation que le constructeur romain fixa dans le sentiment de l'arcade, reflet du spasme d'infini que la couche céleste produit quelquefois sur l'homme. L'arcade est là pour toujours. Ombre de droite à gauche, souffle frais qui fait oublier — elle tombe, elle tombe comme une feuille énorme projetée. Mais sa beauté est la ligne : énigme de la fatalité, symbole de la volonté intransigeante. Rien comme l'énigme de l'Arcade — créée par les Romains, de tout ce qui peut être romain. » L'arcade chiriquienne est le plus souvent surmontée de fenêtres carrées et l'on pense qu'il a pu s'inspirer des arches du Hofgarten de Munich. On retrouve de belles associations d'arcades dans *Mystère et mélancolie d'une rue*, *La Caserne du marin*, *Le Jour de fête*, ou encore *Place d'Italie*, quatre tableaux de 1914, décidément une année fort féconde.

De Chirico fausse ou redresse les perspectives, contracte les plans comme le font les décorateurs de théâtre, met parfois en opposition des espaces cohérents mais dont la proximité est impossible, dessine fermement les contours de ses architectures mais ne les rend pas pour autant plus réalistes, éclaire ces espèces de maquettes de lumières violentes engendrant des ombres dures. Il a été marqué par les monuments renaissants de Florence et de Ferrare ou bien par les bâtiments néoclassiques de Turin. D'autres lieux l'inspirent : « Je me souviens d'un éclatant jour d'hiver à Versailles. Le silence et le calme régnaient, suprêmes. Chaque chose me regardait avec des yeux mystérieux, interrogateurs. Et alors je compris que chaque angle du palais, chaque colonne, chaque fenêtre possédait un esprit, une âme impénétrable... À ce moment je devins conscient du mystère qui pousse les hommes à créer certaines formes étranges. Et la création m'apparut comme étant plus extraordinaire que les créateurs. »

... la présence implacable de la fatalité, du destin, ou du mystère insoluble...

Objet imposant dans la composition, la main rouge. De Chirico la décrit comme faisant partie des surprises urbaines de Paris : « Seul dans mon atelier de la rue Campagne-Première, je commençais à discerner les premières apparitions d'un art plus complet, plus profond, plus compliqué et, en un mot, au risque de donner des coliques hépatiques à un critique français : plus métaphysique. De nouvelles terres apparurent à l'horizon. L'énorme gant de zinc coloré, aux terribles ongles dorés, que les vents très tristes des après-midi citadins faisaient se balancer sur la porte de la boutique, indiquait de son index pointé vers les grandes dalles du trottoir, les signes hermétiques d'une nouvelle mélancolie. » Les enseignes bizarres, les affiches, les panneaux publicitaires, les inscriptions murales, les graffitis, tous ces signes foisonnants des folklores urbains, sur lesquels Charles Baudelaire (1821-1867), Lautréamont (1846-1870) et surtout Arthur Rimbaud (1854-1891) ont attiré

l'attention, vont faire les délices des écrivains surréalistes. Il suffit de citer *Le Paysan de Paris* de Louis Aragon (1897-1982) ou *Nadja* d'André Breton.

Mais si ce genre d'enseigne était sans doute courant
à Paris au début du siècle, c'est peut-être à un souvenir
d'enfance que recourt De Chirico. Souvenir qui peut
très bien avoir été revivifié par la rencontre d'une telle
enseigne dans une rue de Paris. Son frère, Alberto Savinio, raconte en effet un épisode de leur jeunesse en
Grèce : « Du fond de la rue du Stade, on aperçoit une
énorme Main Rouge, la paume à l'horizontale et les
doigts pointés vers le trottoir. La Main Rouge est l'enseigne des sœurs Biruni, gantières de leur état, mais
dans les cas exceptionnels celle-ci se lève miraculeuse-
ment, referme quatre de ses doigts et pointe l'index
sévère en direction du danger. Les sœurs Biruni vendent
des gants, mais tout le monde sait que les sœurs Biruni
sont trois sirènes travesties, qui pratiquent dans leur
arrière-boutique accouplements volants, jeux d'amour
rapides, aphrodismes lucratifs. Jamais un citadin sérieux
n'entrera chez les sœurs Biruni pour se faire ganter la
main. Ceux qui savent vont même jusqu'à dire que
dans l'enseigne de la Main Rouge se cache un symbole
impudique, mais quel crédit apporter au langage des
symboles ? »

Cet index pointé vers le bas va se retrouver dans deux
tableaux de 1914, *Nature morte. Turin printanière*, et *Le
Destin du poète*. Cette fois, c'est plus un signe graphique
mais il s'inspire des doigts pointés de la peinture classique (Léonard de Vinci ou Raphaël) comme des signes
de la nouvelle typographie ou de la publicité, et il
semble signifier la présence implacable de la fatalité,
du destin, ou du mystère insoluble. Dans *Le Jour de fête*,
la main sera remplacée par une flèche noire.

... parcours initiatique, labyrinthe, destin...

La main indiquait donc les dalles du trottoir et, dans le tableau, elle pointe vers un damier (cent cases, dix rangées de dix) ou un échiquier (soixante-quatre cases, huit rangées de huit) : le petit nombre de cases montré, deux rangées de cinq, ne permet pas de trancher. La symbolique du damier est assez connue (parcours initiatique, labyrinthe, destin...), et il faut dire que De Chirico n'utilisera que peu cette figure, sinon parfois sous forme de fragments. On la retrouve néanmoins dans un des tout premiers tableaux de cette période, *L'Énigme de l'arrivée et de l'après-midi* (1911-1912) où le damier est au sol et où deux personnages, peut-être débarqués d'un navire caché derrière un mur, se trouvent à la lisière de cette figure métaphysique.

... écrasé dans l'étroit triangle...

On remarque bien sûr cette immédiate opposition entre la main qui pointe vers le damier des destinées humaines et la cheminée inactive qui pointe vers un ciel absolument vide. Mais ce qui est particulièrement frappant et intéressant dans *L'Énigme de la fatalité*, c'est que justement, à la différence de la plupart de ses tableaux de la même époque, le peintre ne nous montre pas un large espace ouvert et lumineux mais au contraire une architecture serrée, bien plus absurde que d'habitude, et plutôt sombre. C'est un peu comme s'il avait fait, grâce à une machine infernale, se refermer ses décors de théâtre habituels, les deux côtés d'un tableau rectangulaire se rapprochant et se refermant au sommet et entraînant en quelque sorte tout le décor qui vient se concentrer, écrasé dans l'étroit triangle ainsi délimité. Nous ne sommes plus dans l'architecture du rêve calme mais peut-être bien dans celle du cauchemar. La disposition des plans rappelle certains tableaux cubistes et on peut y voir aussi une critique de l'atmosphère étroite et étouffante de ce mouvement pictural. En même temps, cette cheminée phallique qui semble se détacher de tout le reste, s'arracher à cette main et ce damier implacables et s'élancer vers le ciel, donne plutôt un sentiment de libération. Le triangle très pointu renforce encore cet élan vers le haut.

… figure de sentinelle sur la route à perte de vue…

Dès 1914, l'art de De Chirico avait été compris et apprécié par ses premiers amateurs. Un critique italien, Ardengo Soffici, écrit cette année-là : « La peinture de De Chirico n'est pas de la peinture au sens que l'on donne aujourd'hui à ce mot. On pourrait la définir une écriture de songe. Au moyen de fuites presque infinies d'arcs et de façades, de grandes lignes droites, de masses immanentes de couleurs simples, de clairs et d'obscurs quasi funéraires, il arrive à exprimer, en fait, ce sentiment d'infini, de solitude, d'immobilité, d'extase que produisent parfois quelques spectacles du souvenir dans notre âme quand elle s'endort. G. De Chirico exprime comme nul ne l'a encore fait la mélancolie pathétique d'une fin de belle journée dans quelque antique cité italienne où, au fond d'une place solitaire, outre le décor des loggias, des portiques et des monuments du passé, un train passe en vomissant des bouffées de fumée, un camion de grand magasin stationne et une très haute cheminée fume dans un ciel sans nuage. »

Donc, le souvenir, la réminiscence dans la somnolence, la rêverie errante dans les images de la mémoire enfouie… Le tableau *L'Énigme de la fatalité* est surtout connu parce qu'il a appartenu à André Breton et qu'il joue un rôle dans un des plus célèbres écrits du poète, *Nadja*. Breton, on l'a vu, a été un des premiers amateurs de De Chirico en qui il voit une des figures du surréalisme naissant. De Chirico, présent à Paris, apparaît sur les photographies de groupe réunissant tous les surréalistes. Man Ray (1890-1976) photographie André Breton et sa femme, Jacqueline Lamba, devant l'un des tableaux les plus célèbres de De Chirico, *Le Cerveau de l'enfant*, lors de l'exposition surréaliste de 1936 à Londres. Mais entre-temps, Breton a très vite « divorcé » de De Chirico. Alors qu'il le citait encore en juin 1926 dans la revue *La Révolution surréaliste* (premières esquisses de ce qui sera ensuite *Le Surréalisme et la Peinture*) et qu'il montrait le tableau qui lui appartenait dans une photographie en noir et blanc, il prenait déjà ses distances. Il rappelait l'explosion qu'avait été l'irruption du peintre italien dans la nouvelle poétique qui naissait alors à Paris : « Des hommes comme Chirico prenaient alors figure de sentinelle sur la route à perte de vue des Qui-vive. » Et il ajoutait : « Quelle plus grande folie que celle de cet homme, perdu maintenant parmi les assiégeants de la ville qu'il a construite, et qu'il a faite imprenable ! » Mais Breton rejetait violemment la nouvelle voie que le peintre empruntait sur les traces du mouvement Valori Plastici, proche du futurisme et du régime fasciste en place en Italie.

... une attitude anti-moderne systématique...

C'est que De Chirico au cours des années de l'après-guerre fait un « retour à l'ordre » spectaculaire. Mais alors que d'autres, comme Picasso, ne font que passer comme par jeu dans ce courant antiquisant et néoclassique, De Chirico revient à des thèmes romantiques et à une attitude anti-moderne systématique, se complaît à la copie d'œuvres de la Renaissance et, surtout, commence une activité de copiste de ses propres œuvres qui ne cessera qu'à sa mort quelques dizaines d'années plus tard. Citons encore Breton qui dit parfaitement en 1926 ce qui restera valable encore un demi-siècle plus tard. « J'ai assisté à cette scène pénible : Chirico cherchant à reproduire de sa main actuelle et de sa main lourde un ancien tableau de lui-même, non du reste qu'il cherchât dans cet acte une illusion ou une désillusion qui pourrait être touchante, mais parce qu'en trichant sur son apparence extérieure, il pouvait espérer vendre la même toile deux fois. C'était si peu la même, hélas ! Dans son impuissance à recréer en lui comme en nous l'émotion passée, il a mis ainsi en circulation un grand nombre de faux caractérisés, parmi lesquels des copies serviles, d'ailleurs pour la plupart antidatées, et d'encore plus mauvaises variantes. Cette escroquerie au miracle n'a que trop duré. »

Elle devait durer longtemps puisque, par exemple, entre 1945 et 1962, De Chirico ne produira pas moins de dix-huit copies d'un de ses plus fameux tableaux, *Les Muses inquiétantes.* Quant au tableau *L'Énigme de la fatalité* lui-même, il devait ressusciter sous le titre *Le Gant rouge* en 1958 : de taille plus réduite (72 × 48 centimètres), mêmes arcades, mêmes architectures, même position de la main, mais une cheminée beaucoup plus petite avec quelques éléments architecturaux en plus et de menus nuages dans le ciel. Une assez misérable réplique qui appartient aujourd'hui à une collection privée romaine.

... ce jeu finalement enfantin et banal...

La clef du tableau, c'est finalement le personnage de Nadja qui, dans le livre, nous la donne. Les signes et symboles rassemblés par le peintre ne sont véritablement déchiffrables que par un spectateur qui aurait tout lu, De Chirico, son frère Savinio, Apollinaire, les témoins de l'époque, les critiques et analystes modernes. Et encore ! Les sources, en fin de compte, n'ont que peu d'importance puisque ce que recherchait le peintre c'est justement que l'image parle directement à l'imagination, à la subjectivité du spectateur, sans recours à l'anecdote ou à une référence sociale. Nadja, mise en présence du tableau, n'en perçoit qu'un détail, elle y retrouve soudain une main de feu qu'elle a aperçue sur la Seine au cours d'une promenade avec le narrateur. L'énigme est ce jeu finalement enfantin et banal : chacun la gère à sa façon...

Le texte

en perspective

Dominique Carlat

Mouvement littéraire
et artistique
Le surréalisme, une esthétique
ou une vision du monde ?

1.

Faire table rase

1. *Le geste de Dada*

Le surréalisme est fréquemment associé au mouvement Dada, qui le précède et auquel plusieurs de ses membres participèrent. Il faut cependant insister sur la solution de continuité entre ces deux expériences. Car Dada, né en Allemagne et en Suisse pendant la Première Guerre mondiale, est intrinsèquement lié à ces circonstances. Sa pratique de l'ironie dévastatrice, sa mise en cause radicale de la création découlent de l'effet de vérité suscité par le conflit : malgré les millions de morts sur le front, les sociétés européennes poursuivent leurs activités habituelles et prétendent maintenir l'humanisme dont elles se réclament. Dada, par sa dérision et sa pratique systématique du scandale, s'efforce de hâter l'implosion de cette vision, dont les événements viennent de montrer de quels faux-semblants elle ose se nourrir. Le surréalisme eut une vie moins éphémère, mais surtout défendit l'ambition de fonder, à partir de cette table rase, une nouvelle insertion de l'homme dans le mouvement contradictoire et complexe de la vie.

2. *Re-passionner la vie*

Beaucoup de légendes et d'images plus ou moins déformées circulent autour du groupe de la rue Blomet, dont André Breton fut, plusieurs décennies durant, l'animateur. Il faut savoir se dégager de ces anecdotes pour considérer l'impact réel que le surréalisme eut sur de nombreux créateurs du xxe siècle. Il n'est, par exemple, pas anodin que des écrivains comme Julien Gracq (né en 1910) ou Yves Bonnefoy (né en 1923), René Char (1907-1988) ou Jacques Dupin (né en 1927), aient initialement éprouvé la séduction de la pensée surréaliste; le caractère résolument urbain du mouvement permet de comprendre que ceux-ci s'y soient sentis en partie dépossédés d'une part essentielle de leur être. Quelles que soient la violence de la séparation et la dureté des jugements rétrospectifs, plusieurs générations de créateurs furent influencées. Sans doute est-ce le caractère global de l'entreprise surréaliste qui explique le charme qu'elle exerça et, en retour, la violence de l'exclusion : toute l'existence humaine se trouve, en effet, concernée par l'exigence surréaliste; celle-ci, toutes modalités confondues, repose sur le désir de re-passionner la vie. Recourant volontiers à des tracts et à des revues pour diffuser sa pensée et ses positions, le surréalisme invente un mode de communication moderne, bref dans ses formulations, imaginatif dans ses visions, persuasif dans son adresse au destinataire. Il faut se replacer dans le contexte compassé des années 1920 pour tenter de mesurer aujourd'hui l'air

ainsi brusquement apporté sur la scène pleine de touf-
feur des lettres françaises. Cela signifie inversement
que la récupération dont le mouvement fut insensiblement l'objet, tant par la rhétorique politique que par le
commerce publicitaire, rend difficilement perceptible
aujourd'hui la radicalité des expériences surréalistes
originelles.

3. *Le refus de transiger*

Cette question de l'utilisation possible des recherches
surréalistes à des fins commerciales fut d'emblée au
cœur de la réflexion d'André Breton ; l'intransigeance
de celui que ses adversaires nommèrent le Pape du surréalisme, ses oukases contre l'écriture de romans, sa
dénonciation de la fonction d'acteur et de la pratique
du journalisme, ou, pour les peintres, de leur participa-
tion à des «écoles» extérieures, s'expliquent partiellement ainsi. L'auteur du *Second Manifeste du surréalisme*
de 1930 condamne avec virulence les «dérives» d'Antonin Artaud (1896-1948), de Robert Desnos (1900-
1945), de Georges Bataille (1897-1962) ou de Giorgio
De Chirico, ceux-là mêmes qui, dans le premier *Manifeste* de 1924, étaient cités pour leur exceptionnelle
créativité. C'est que le texte surréaliste se veut intervention sur l'actualité. Son statut est d'abord, et principalement, celui d'un document. Breton, très vite, conçut
que l'état d'esprit surréaliste pourrait être dévoyé dans
des buts financiers et/ou symboliques. Hostile au travail salarié et aux règles qui gouvernent les champs de
la production littéraire et artistique, le surréalisme doit
pourtant composer avec l'état contemporain de la
société ; Breton se fixa le rôle peu amène du défenseur
de la pureté originelle de l'aventure. Il l'exerça avec

d'autant plus d'exigence qu'il avait pressenti précocement les dérives possibles.

2.
Une communauté d'échanges

1. *Le premier « collectif »*

Le surréalisme se définit d'emblée comme un ensemble de pratiques collectives : du jeu des définitions à la réécriture des proverbes (*152 Proverbes mis au goût du jour* de Paul Éluard (1895-1952) et Benjamin Péret (1899-1959) en 1925), en passant par les « cadavres exquis » et les expositions collectives, le surréalisme parie sur la possibilité d'accroître l'intensité d'une création, sa charge d'inconnu, en misant sur la rencontre de plusieurs inconscients. Jamais jusqu'alors peintres, sculpteurs, poètes et prosateurs n'avaient autant collaboré, au point de modifier le statut du livre qui, d'objet littéraire, devenait objet double, articulé autour des échanges entre les deux langages. Aussi les textes et les toiles témoignent-ils fréquemment des crises traversées par la communauté surréaliste. Parmi les valeurs fondatrices de cette dernière, l'amitié joue un rôle indéfectible. Les collaborations doivent être comprises comme le signe de cette entière soumission de la vie à un désir de transparence. Le château transparent auquel rêve Breton est l'image de cette propension à effacer toute l'opacité qui grève fréquemment la compréhension réciproque entre les hommes, fussent-ils amis. Cette utopie, qui ne va pas sans risques, permet en tout cas de comprendre que le surréalisme, s'il se définit initialement comme «automatisme psychique pur par lequel on s'efforce d'accéder au fonctionnement *réel* de la pensée» (*Manifeste* de 1924), dépasse d'emblée cet objectif pour acquérir une portée politique en même temps qu'esthétique. Le groupe surréaliste, avec ses crises, ses exclusions et ses ralliements, veut fonctionner comme le modèle d'une collectivité dont l'organisation ne serait plus fondée sur une hiérarchie, ni sur l'attribution de fonctions fixes, mais sur les échanges incessants, complexes et parfois contradictoires de désirs. La pratique du don se veut ici débarrassée des contraintes sociales que l'offre du cadeau institue habituellement. Donner et se donner se déclinent sous toutes les formes dans le surréalisme, selon une modalité que l'adverbe «éperdument» définit mieux que tout autre.

2. *Pulsion de vie et pulsion de mort*

Peut-être le terme de «désir», constamment employé par les surréalistes, est-il à l'origine des malentendus que le mouvement ne cessa, jusqu'à la mort d'André Breton en 1966, de susciter — d'entretenir? En effet, si très tôt les surréalistes prennent connaissance de la psychanalyse, si inversement certains analystes comme Lacan furent au début de leur œuvre passionnés par les entreprises surréalistes, l'appel à une libération des désirs fait l'impasse conceptuelle d'une réflexion sur la régulation symbolique de ces derniers, sur leur entrelacement avec les pulsions de vie *et* les pulsions de mort. Cette lacune permet de comprendre que le surréalisme, bien qu'il ait été très vite conscient des dangers totalitaires, et en particulier de l'utilisation par le fascisme et le nazisme de l'esthétique à des fins politiques, ait peiné à trouver dans les années 1930 une réponse adéquate. Si, à la différence de certaines avant-gardes comme le futurisme italien, le surréalisme ne céda jamais à la séduction des régimes dictatoriaux, certains de ses membres, tel Salvator Dalí, n'en furent pas moins séduits, un temps, par leurs sirènes.

3. *Une vision globale des activités humaines*

Pourtant le surréalisme se veut défense et illustration de la liberté. C'est dans cette perspective qu'on peut comprendre son refus des codes sociaux, sa mise en cause des institutions, comme le mariage : défenseur de l'union libre, le surréalisme entend faire céder tous les obstacles sociaux mis sur la route de la passion amoureuse. Le lyrisme ultérieur de poètes comme Paul Éluard ou Louis Aragon se nourrit initialement de cet idéal de «l'amour fou» (le texte ainsi intitulé par André Breton fut publié en 1937). Parce qu'il conduit à un renouvellement intégral de la vision portée sur le monde, ce sentiment est adopté comme puissance souveraine. Chaque instant lui est consacré, toute la vie, dans chacun de ses aspects, en est désormais tributaire. Une conception vitaliste et énergétique de l'existence humaine gouverne cet art de «la dépense improductive» dont le surréalisme, puis concurremment le Collège de sociologie fondé par Georges Bataille et Roger Caillois (1913-1978) en 1938, trouve le modèle anthropologique dans des sociétés dites archaïques. L'un des apports du surréalisme consiste en effet à avoir indissolublement relié la création littéraire et artistique aux disciplines qui seront bientôt regroupées sous le nom de sciences humaines. De là vient que des anthropologues, tel Claude Lévi-Strauss (né en 1908), des sociologues ou des philosophes aient entretenu un

compagnonnage, à un moment ou un autre de leur
« carrière », avec le surréalisme. Cela reflète la vision
globale que le mouvement désirait adopter sur les activités humaines.

4. *La vie sous toutes ses formes*

Du point de vue de l'histoire des idées, on ne peut
qu'être frappé par le caractère concomitant de l'essor
international du surréalisme et la montée en puissance,
hors des institutions académiques, de pensées hétéro-
doxes comme celles de Henri Bergson (1859-1941) et
Gaston Bachelard (1884-1962). Le refus du positivisme
et de sa croyance naïve en une accumulation harmo-
nieusement progressive des connaissances humaines
s'accompagne, chez Breton comme chez Bergson, de la
volonté de redonner à la vie, à son cours souterrain, à
sa dilapidation d'énergie, une nouvelle dignité. Le dua-
lisme est refusé par les deux penseurs et l'expression
« l'énergie spirituelle », choisie pour titre par Bergson
en 1919, n'est pas loin de cerner les frontières au sein
desquelles le surréalisme désire inscrire ses marges
(*Pleine Marge* est un recueil poétique d'André Breton).
La réhabilitation du rêve et des récits qui lui sont consacrés à laquelle se livre Gaston Bachelard entre en résonance avec la confiance mise par les surréalistes, à la
suite des romantiques allemands, en cette activité de
l'imagination. Le lyrisme visionnaire de l'*Ode à Charles
Fourier* (1947) de Breton montre la dimension cosmolo-
gique que ce flux imaginaire peut acquérir. Le surréalisme vise la réhabilitation, par toutes les voies possibles,
de cette faculté soumise, dans une grande part de
la production philosophique d'origine grecque, à la
tutelle de la raison. Cela explique un malentendu sup-

plémentaire. En France, c'est dans la plupart des cas du côté des penseurs contre-révolutionnaires comme Joseph de Maistre (1793-1821) et, à sa suite, Charles Maurras (1868-1952) que l'on trouve une défense de l'imagination : il s'agit pour eux de discréditer la pensée des Lumières, quitte à caricaturer son rationalisme. Le surréalisme, bien que situé à l'opposé sur le terrain politique, prolonge lui aussi, par certains aspects, le romantisme, son exaltation de l'inspiration, sa plongée dans l'imaginaire, son recueil des mythes et des légendes collectives.

5. *Contre l'esprit de sérieux*

Cependant, c'est par l'exercice de l'humour, dans sa forme spécifique de l'humour noir, que le surréalisme tente de répondre à cette contradiction éventuelle. Conçu par Freud (1859-1939) comme l'ultime défense entreprise par le sujet face à une situation qui engage sa possible destruction, l'humour noir est la tonalité que le surréalisme choisit. L'*Anthologie* qui lui est consacrée retint Breton pendant de longues années avant sa publication, au Sagittaire, en 1940. De la fréquentation, à Nantes en 1916, de Jacques Vaché (1895-1919), vient partiellement cette prédilection. Mais l'humour noir a surtout le mérite de reposer sur des processus verbaux : les associations offertes par le langage permettent de faire surgir, non sans paradoxe, du plaisir d'une situation où la mort est présente. L'homme trouve ainsi une compensation symbolique à l'angoisse qui l'étreint par le biais d'un usage subtil des signes. On mettra donc en parallèle, ainsi que la terminologie nous y invite, ce phénomène avec le « hasard objectif ». En effet, comme le texte et les photographies de *Nadja* l'illustrent parfaitement, les coïncidences entre la pensée intime d'un homme et le monde qui l'environne s'inscrivent dans un rythme vital : la résonance que deux événements acquièrent réciproquement invite à une relecture des signes environnants. À l'opposé de l'absurde et du mutique non-sens de l'étant, que l'existentialisme de Jean-Paul Sartre (1905-1980) mettra en scène dès 1938 dans *La Nausée*, l'univers, perçu par le surréalisme, s'il suscite la révolte, peut servir à l'inscription de signes d'où surgit un plaisir. Ce n'est pas la mise en forme d'un projet qui permet à l'homme, comme chez Sartre, de conquérir sa liberté. De manière moins rationnelle, le surréalisme laisse les signes décider du sens, restaurer une intelligibilité imaginaire de l'univers : « Après toi, mon beau langage » est l'invitation la plus audacieuse de Breton.

3.
Critiques et fécondité

1. *Les arts plastiques*

On ne peut faire l'impasse sur la virulence des critiques dont le surréalisme fut fréquemment l'objet. Picturalement, les productions surréalistes sont souvent décriées pour leur aspect littéraire et décoratif, la matière picturale semblant passer à l'arrière-plan des préoccupations. Ce grief, en partie justifié par l'installation de certains peintres surréalistes dans une rhétorique imaginative stéréotypée, doit cependant être nuancé : s'il est vrai, comme en témoigne le texte d'André Breton consacré à Alberto Giacometti (1901-1966) dans *Intervention 1934*, que le surréalisme voulut parfois soumettre la création plastique à des contraintes littéraires, on ne peut que souligner la fécondité des techniques du collage, du frottage, de la projection aléatoire de matériaux. La peinture américaine de l'après-guerre, fortement influencée par la présence massive de peintres surréalistes exilés dans les années 1940, témoigne de cet apport indéniable. De même, l'attention portée au merveilleux quotidien et aux signes surgis au sein des villes depuis le début du siècle préfigure les jeux ultérieurs du *pop'art* ou, en France, de la « figuration narrative ». La contestation du statut de l'œuvre d'art par Marcel Duchamp (1887-1968), avec sa pratique du *ready made*, présuppose l'intérêt des surréalistes pour les objets mis au rebut et *requalifiés*. Le surréalisme a porté, en matière d'esthétique, un coup violent à la notion de « bon goût ». L'histoire de l'art contemporain serait incompréhensible sans cette première atteinte.

2. *Une pratique esthétique*

En matière littéraire, la pratique de l'automatisme fut très tôt considérée, par Breton lui-même, comme une impasse stérile. En revanche, la ferveur surréaliste, la pratique de l'image poétique ont durablement influencé les écrivains postérieurs. Mais il est vrai que c'est du côté des mœurs que le surréalisme semble avoir définitivement gagné, au prix, parfois, de malentendus. Mais là encore, la critique est souvent excessive. Non sans humour, le poète Jacques Réda (1929) affirme garder à l'esprit, dès qu'on évoque devant lui le surréalisme, la photographie d'un groupe essentiellement masculin de jeunes bourgeois du début du siècle exhibant involontairement leurs fixe-chaussettes. Nul doute, en effet, que ce mouvement ait été parcouru de contradictions : chantant l'amour fou, il cantonne fréquemment les compagnes à un rôle de muses inspiratrices, au risque de négliger leurs propres productions. Appelant à un renouvellement des comportements, les surréalistes, comme en témoigne leur enquête sur la sexualité, sont souvent tributaires des préjugés d'époque, envers l'homosexualité par exemple, ce dont René Crevel (1900-1935) ou Cocteau eurent à souffrir. L'ensemble de ces remarques est incontestable ; on peut leur ajouter une tendance irrépressible du surréalisme à essentialiser ses concepts : La Femme, La Beauté, etc. Mais l'illusion rétrospective nous fait parfois reprocher à ces créateurs d'être dépendants, malgré leur révolte, des déterminismes d'époque. En outre, cette sévérité de notre appréhension est elle-même liée à un présupposé que le surréalisme a eu le mérite, à la suite de Rimbaud, de Lautréamont et de Marx (1818-1833), de défendre (au point qu'il nous soit devenu une seconde nature) : aucune pratique esthétique ne vaut désormais d'être menée si elle demeure aveugle à ses répercussions sociales, existentielles et politiques.

Genre et registre

Une promenade ouverte au merveilleux quotidien

LE TEXTE SURRÉALISTE revendique un statut singulier : sa priorité n'est pas littéraire mais expérimentale. Le désir d'André Breton, lorsqu'il rédige le récit auquel il donne le titre de *Nadja*, est de partager avec ses lecteurs — au premier rang desquels ses amis surréalistes — un témoignage portant sur une période de son existence qui a été traversée d'épisodes merveilleux. Le texte devient ainsi la preuve de la possibilité d'orienter sa vie de telle sorte qu'elle échappe au contrôle rationnel et acquière une consistance poétique. Le récit illustre la présence concrète de la poésie dans l'existence quotidienne. Sa lecture est destinée à contaminer l'expérience du lecteur ; ce dernier est appelé à éprouver par lui-même comment sa vie sort des rails tracés par l'habitude : l'écriture est dotée d'un pouvoir spécifique. Elle peut décontenancer le lecteur, lui faire éprouver les limites de la logique, introduire le doute dans la représentation qu'il se fait de son propre avenir.

- désir de savoir comment fonctionne les pensées
- explorer le hazard ; sortir de l'habitude

1.

Un récit transgressif

C' est pourquoi le livre *Nadja*, s'il se présente bien comme un récit, transgresse en même temps de nombreuses règles propres à ce genre. La distinction traditionnelle entre l'auteur, le narrateur et le personnage est ici caduque. Dès le prologue, André Breton réclame de la critique qu'elle se penche sur la vie de l'écrivain : certaines anecdotes privilégiées auraient le pouvoir, bien plus qu'aucune analyse distanciée du texte, de révéler l'essentiel de ce qui est en jeu dans l'écriture : la personnalité singulière, consciente et inconsciente, d'un homme. *Nadja* vaut donc comme un témoignage qui engage son auteur, le compromet : nous sommes à l'opposé d'une conception esthétique de la littérature. Le récit surréaliste ne parvient à ses fins que dans la mesure où il restitue l'univers dans lequel l'écrivain a évolué. André Breton refuse la gratuité du geste littéraire et désigne cette sollicitation permanente de l'écriture par la vie extérieure en ayant recours au terme de «flagrance» : comme le crime ou le délit, l'écriture doit être exercée devant les yeux du lecteur ; la personne de l'écrivain s'y trouve exposée, dans tous les sens du terme. La métaphore de la « maison de verre » dit ce refus de se protéger, de masquer par la fiction une part de son existence.

1. *Le refus de la causalité et de la continuité*

La relation des événements qui révèlent la singularité de l'auteur ne peut ni ne doit répondre à une causalité : loin d'éclaircir ou d'expliquer le comportement qu'il adopta en telles circonstances, André Breton désire transmettre l'opacité que continue de revêtir à ses propres yeux son attitude. En ayant recours initialement à l'image du fantôme, l'écrivain suggère que la relation qu'il entretient avec le monde environnant ne peut être épuisée par une explication rationnelle : sa propre réalité intérieure ne peut être saisie à travers les catégories psychologiques ; elle est aussi flottante, lacunaire que la réalité de ce monde de l'après-guerre, dont la cohérence et la stabilité ont été radicalement contestées. Une forme de mélancolie vient ici estomper les contours du moi, comme ceux des objets extérieurs ; les événements eux-mêmes, malgré l'intensité surprenante avec laquelle ils surgissent, semblent atteints par ce trouble. Aussi, là où la narration repose habituellement sur une progression spatiale et temporelle logiquement ordonnancée, le texte de Breton use volontiers d'ellipses, de coq-à-l'âne, de rapprochements analogiques, d'associations imaginaires ; l'inconscient, avec ses figures du déplacement et de la condensation dont Sigmund Freud découvre alors la prééminence, gouverne la présentation des événements et des personnages.

2. *Analogie et résonance*

Il serait difficile et illusoire d'extraire et d'isoler tel ou tel passage : les épisodes ne prennent souvent sens que par la résonance qu'ils entretiennent avec des images antérieures ou postérieures. Le récit a beau être linéaire, il est régi par ce principe de répétition et d'écho qui lui donne sa qualité éminemment poétique. Ce ne sont pas les événements en eux-mêmes qui acquièrent une signification merveilleuse. Un premier événement survient, qui attend de prendre sens, puis un second, parfait fruit du hasard, les deux créent entre eux une zone événementielle qui suscite des turbulences émotionnelles. L'existence, malgré la succession aléatoire des épisodes qui la traversent, se trouve ainsi soumise à une constante attraction. André Breton en rend compte lorsqu'il présente ces mois traversés par la figure fulgurante de Nadja comme une période qui, par-delà la discontinuité des hasards qui s'y manifestèrent, constitue une unité insécable, auréolée d'un prestige que l'analyse ne peut entièrement dissoudre. L'intensité particulière des événements qui surgirent dans la vie du poète durant cette période est exprimée à travers les métaphores de la grâce et de la disgrâce. Ces termes, empruntés au domaine religieux de la prédestination, ont le mérite, aux yeux de Breton, de figurer l'impression, maintes fois éprouvée, de trouver dans le monde alentour l'aide ou l'opposition de puissances extérieures. L'essentiel, dans cette représentation, est qu'il devient impossible de considérer, comme le fait la pensée positiviste, que le réel dépend de ma seule volonté, se plie progressivement aux plans de mon activité rationnelle et peut, *in fine*, être épuisé par un ensemble d'explications. Le texte résume cela en notant l'« illusion » dans laquelle le sujet se trouve « toutes les fois où » il se « croit à la barre du navire ». L'image maritime dénonce le caractère trompeur de toute morale de l'action qui reposerait sur la seule reconnaissance de la volonté subjective : le monde est aussi parcouru de forces antagonistes, qui modifient le dessein initial, comme les courants océaniques influent sur la trajectoire du navire, quel que soit le cap initialement fixé à sa barre par le capitaine. André Breton contredit ainsi une représentation fréquente, depuis la philosophie antique, de l'action humaine et de son autonomie.

3. *Promenade urbaine*

Cette réflexion est en lien direct avec le genre narratif dont se rapproche le plus nettement *Nadja* : la promenade littéraire. En effet, le narrateur de tels récits décrit volontiers les itinéraires insolites et imprévisibles que sa marche aura intuitivement suivis. La prose poétique d'un Jean-Jacques Rousseau (1712-1778), dans *Les Rêveries du promeneur solitaire* (1776-1778), se proposait de suivre le cours aventureux des songes qui accompagnent le promeneur lorsque ses « idées suiv[ent] leur pente sans résistance et sans gêne » (Deuxième promenade). En outre, la promenade a pour caractéristique de mettre en scène un sujet disponible, ouvert à toutes les sollicitations du monde extérieur, « tout entier au moment présent ». L'attention flottante du promeneur efface les limites habituelles entre l'intimité et l'extériorité, au point que les objets aperçus se chargent d'une part de l'individualité du promeneur : celui-ci voit les frontières de son moi se dissoudre et sa conscience diffuse englober cette fraction mobile de l'univers sur laquelle glisse son regard.

On insistera cependant sur la nature urbaine de la majorité des expériences relatées par Breton dans *Nadja*. Ce texte, comme le mouvement surréaliste dans son ensemble, est inconcevable sans Paris : la capitale, liée depuis Charles Baudelaire à la flânerie, donne sa substance au texte. C'est, en particulier, parce que la foule bigarrée qui y déambule offre la promesse du surgissement de silhouettes mystérieuses et désirables. Là où Jean-Jacques Rousseau jouissait de son absolue solitude, «sans frère, sans prochain, sans ami, sans autre société que *lui*-même» (Première promenade) et trouvait dans une nature déserte le lieu favorable à la jouissance de soi, Breton relate des expériences de rencontre; l'altérité y joue un rôle fondamental. On peut rappeler que cette même année 1928 où Breton publie *Nadja*, Philippe Soupault (1897-1990), coauteur avec lui des *Champs magnétiques,* destine au public ses *Dernières nuits de Paris.* Le titre fait explicitement référence au texte de Nicolas Restif de La Bretonne (1734-1806), publié de 1788 à 1793, qui explore les univers interlopes de la capitale, et met en scène mouches, mendiants, prostituées et autres silhouettes peu présentes sur la scène littéraire de l'époque.

Le récit surréaliste de Breton, à l'instar de celui de Soupault, se plaît à vagabonder dans les marges de la ville et à bouleverser les hiérarchies traditionnelles entre les êtres, mais aussi entre les objets. L'important est, en effet, que la richesse du monde et sa disparate soient présentes dans le livre. Car l'univers urbain est fait de la juxtaposition des réalités les plus hétéroclites. L'offensive du surréalisme contre le bon goût se trouve justifiée par cette volonté de refléter la diversité de la ville. Celle-ci, loin d'être un simple décor, accède dès lors elle-même au rang d'acteur. Elle est parsemée d'indices, de traces innombrables où se décèlent la vie collective et les passions qui l'animent. La promenade littéraire est ici indissociable de l'histoire. L'individu mis en scène par le texte surréaliste est inséré dans un réseau complexe de signaux qui le relient aux autres et à des temporalités plurielles.

Comme l'a analysé Pierre Albouy, le signal, à la différence du signe, ne renvoie pas à un sens élucidé mais à une signification qui demeure en réserve. Aussi la capitale, telle que la représente Breton, est-elle un espace aimanté, traversé de significations qui cheminent souterrainement, à l'insu des humains. L'épisode du souterrain dont Nadja croit percevoir qu'il débouche sur une sortie est donc exemplaire : peu importe la véracité de son intuition. Elle a le mérite de suggérer à l'imagination une autre voie, qui double les trajectoires quotidiennes et les dirige peut-être inconsciemment. L'enjeu majeur revendiqué par l'écrivain est de restituer cette trame serrée et enchantée du réel quotidien : l'œuvre ne vaut que dans la mesure où elle parvient à transmettre le bruissement du monde, les désirs qui animent les hommes, les obstacles auxquels ils se heurtent. Le texte surréaliste se veut caisse de résonance d'une expérience de plongée dans l'épaisseur d'un monde concret : celui, foisonnant, de la ville.

C'est dans cette perspective qu'il faut entendre la défiance professée par André Breton et ses amis envers la littérature : pour eux, écrire n'a aucune légitimité si cette activité n'est pas en lien étroit avec le tourbillon de l'existence, c'est-à-dire si elle ne prend aucun risque. On observe ici une relation serrée entre la conception surréaliste de l'écriture et la nature de l'expérience relatée par Breton dans *Nadja* : la rencontre avec une jeune femme qui peu à peu semble happée par la folie est susceptible de transmettre au lecteur le sentiment du danger sans lequel la « littérature » serait un simple exercice de divertissement.

La promenade n'a pas un cours ample, régulier et tranquille ; elle est faite d'accélérations brusques, d'interrogations angoissées sur des signaux dont le message refuse d'abord de se livrer ; analogue à la relation amoureuse tissée par Nadja avec l'écrivain, la traversée de l'espace urbain est orageuse. Le promeneur paraît

parfois insensiblement attiré par des lieux qui aiman-
tent son parcours; à d'autres instants, une angoisse
panique se manifeste, qui lui fait fuir une zone ressen-
tie comme maléfique. C'est dire que l'allure suivie par
le piéton au sein de l'espace est à l'image des vitesses
successives avec lesquelles la signification se dévoile ou
se dérobe. Les étapes du récit décrivent un double parcours, physique *et* symbolique.

2.

Le merveilleux

C ette impression constante que les objets, au-delà
de leur présence matérielle, font signe vers un
sens dérobé est à l'origine de la tonalité générale de
l'œuvre : le merveilleux. En effet, la jeune femme Nadja
n'exerce tant d'attraits sur le poète André Breton que
parce qu'elle se fait médiatrice et initiatrice. L'univers
quotidien semble, en sa présence, révéler une profondeur inconnue, s'ouvrir sur un double fond.

1. *Ouverture au sacré*

Sans doute n'est-il pas inutile de rappeler que Nadja
fut actrice du «Théâtre ésotérique» fondé par Paul
Castan et Constant Lounsbery, sur la scène duquel se
produisit Georgette Leblanc. La séduction mystérieuse
qu'elle exerce relève partiellement de sa familiarité
avec le monde du spectacle et de son habitude de jouer
avec l'illusion. Ce n'est pas sans raison qu'elle se donne
«avec tant de facilité des airs du Diable». André Breton comme ses amis ont une prédilection pour les

œuvres populaires, romans-feuilletons, pièces de théâtre ineptes ou films «abracadabrantesques», selon le mot d'Arthur Rimbaud. Les incohérences, les invraisemblances, les raccords maladroits participent d'une poésie involontaire; le recours aux pensées les plus farfelues — dédoublements, réincarnations, maléfices — excelle à outrepasser les contraintes du réel et à charger la représentation d'une aura merveilleuse. Cependant, il ne faut pas en déduire que le surréalisme cède naïvement aux croyances ésotériques; mais il est prêt à louer leurs adeptes pour leur refus compréhensible de la plate réalité ambiante.

Le cinquième numéro de la revue *La Révolution surréaliste* (1925) avait fait paraître la «Lettre aux voyantes» écrite par André Breton; un an plus tard, Antonin Artaud dans le huitième numéro proposait sa propre «Lettre à la voyante» et, entre-temps, le poète Robert Desnos s'était livré en juillet 1925 à l'écriture de prophéties aphoristiques. Ces expériences successives sont gouvernées par l'enthousiasme devant la nature poétique de ces projections du moi vers l'avenir. Homologue du poète, la voyante sait mettre en branle l'imaginaire et lire les présages.

Les superstitions témoignent, même dérisoirement, dans un univers conquis par une science positiviste, de la persistance d'interrogations spirituelles. Peu importe donc l'ironie déployée par les rationalistes à leur encontre. Le surréalisme préfère, avec humour, relever la fécondité imaginaire de ces croyances qui projettent sur le quotidien leurs métaphores d'un avenir conforme aux désirs humains. En outre, le culte du progrès technique et le dogme selon lequel tous les phénomènes sont explicables s'avèrent impuissants à combler le désir de croire. Le surréalisme, au-delà de l'anticléricalisme qu'il professe et de son agnosticisme revendiqué, prétend maintenir la dimension du sacré dans l'approche de l'univers quotidien. Le registre merveilleux est la traduction dans le récit de cette perspective intellectuelle : le lecteur est convié à apporter foi aux anecdotes étranges rapportées par Breton. Le refus du roman, genre décrié et objet d'un tabou dans le cercle surréaliste, repose principalement sur la défiance éprouvée à l'encontre du critère, hérité d'Aristote, de la vraisemblance. Rien n'est digne d'être consigné, selon André Breton, qui ne ferait pas bouger les frontières du recevable. Il serait donc intolérable de soumettre la parole aux seules limites de la « ressemblance avec la réalité ».

2. *L'improbable*

L'improbable est le gisement le plus fructueux pour l'écrivain. De son devancier Guillaume Apollinaire, le poète a retenu l'exaltation de la surprise. Non qu'il suffise à un événement d'être surprenant pour revêtir une qualité poétique ; mais cette condition est nécessaire, sinon suffisante. Car c'est lorsque la logique est contestée que la vie, dans son irréductibilité, son absolue singularité, a le plus de chances de surgir. Ces moments où la raison ne suffit plus à expliquer un phénomène sont autant d'occasions de refuser conjointement le pharisaïsme (croyance naïve, attitude rigoriste, ainsi nommée d'après la doctrine religieuse des pharisiens qui, incarnant la morale, portaient des jugements sévères sur autrui) et le scepticisme (doute systématique, qui est relié à la doctrine des pyrrhoniens, selon lesquels l'homme ne pouvant atteindre la connaissance de la vérité, il est nécessaire de pratiquer en toute chose la « suspension du jugement »), attitude jugée nihiliste.

En acceptant que de l'inconnu surgisse au milieu de nos habitudes, nous manifesterons, en outre, le sérieux de notre aspiration à voir « changer la vie » et « transformer le monde ». Ces deux impératifs, exprimés l'un par Arthur Rimbaud, l'autre par Karl Marx, et qui correspondent à une révolution esthétique et sociale, dirigent en cette fin des années 1920 toutes les activités surréalistes, désireuses de se rapprocher du champ politique. Écrire est, pour André Breton, une entreprise susceptible de réduire l'asservissement humain. L'aliénation des hommes est d'abord, pour le poète, de nature spirituelle : c'est en redonnant à l'imagination l'autonomie qui lui a été peu à peu ravie que l'on parviendra à ouvrir les yeux des contemporains sur l'étroitesse des désirs que l'univers marchand entretient. Les épisodes merveilleux relatés dans *Nadja* sont dès lors gouvernés par l'intention de réenchanter le quotidien. Ce dernier devient, à son tour, ouvert aux « conjectures ». Ce ne sont pas les marchandises reproduites à grande échelle par l'industrie qui sont susceptibles de répondre au désespoir : elles ne font que susciter d'illusoires besoins.

En revanche, dès lors qu'il nous amène à métamorphoser notre perception et à abandonner notre habituelle indifférence, autrui peut nous offrir une perspective radicalement nouvelle sur le monde. C'est dans cette perspective que peut se comprendre l'épilogue. Après que Nadja s'est éclipsée dans les territoires vertigineux de la folie, Breton s'adresse à une nouvelle destinataire, celle que le livre, depuis son origine, aurait attendue. Derrière les initiales S. M. transparaît Suzanne Muzard, nouvelle passion de l'écrivain. La « foi en la merveille », selon Breton, demeure identique de la première à la dernière page du livre ; mais celles qui lui prêtent leur silhouette sont différentes. L'épilogue frappe par la métamorphose de la tonalité, gouvernée désormais par la joie d'un amour naissant pour celle qui est comme l'« anti-chimère », l'image positive de la femme. L'amour fou, porté à son plus haut degré d'intensité, est le gage d'une recomposition radicale de la signification de l'existence. Les gestes les plus anodins, les épisodes du passé revêtus jusqu'alors d'insignifiance peuvent brusquement, à la faveur du coup de foudre, se trouver justifiés. C'est cette relecture de l'existence à l'aune d'un événement imprévisible qui permet de requalifier le moi. De la même manière que les objets les plus triviaux, dès lors qu'ils sont mis au rebut et rejoignent le marché aux puces, peuvent acquérir un sens inédit et participer à la création d'une œuvre, la rencontre avec autrui peut me sortir de ma torpeur, me révéler mes compromissions avec ce qui endormait ma vigilance et m'inviter à une invention du quotidien.

3. *Le danger jusqu'à la folie*

Ce réveil, ce changement radical, ne vont cependant pas sans angoisse. Le récit transmet fréquemment cette sensation de danger : en présence de Nadja, l'appréhension habituelle du décor urbain oscille imperceptiblement. L'image qui nous en est offerte est déformée, comme par le biais d'une anamorphose. Il n'est pas anodin que revienne à plusieurs reprises dans les épisodes cette construction optique, qui permet de découvrir, au prix d'un léger déplacement, une seconde lecture possible de la scène coexistant avec la première. L'exemple le plus connu d'anamorphose est présent dans *Les Ambassadeurs* de Hans Holbein (1497-1543) : le spectateur, après avoir contemplé le faste de ce double portrait dépeignant la richesse, la gloire et la réussite mondaine, peut apercevoir, pour peu qu'il fasse quelques pas latéralement, une tête de mort venant rappeler la vanité de ces existences humaines vouées à leur propre glorification. Le « tableau changeant » présentant successivement un tigre, un vase ou un ange, ainsi que l'enseigne de la « MAISON ROUGE » où, « sous une certaine obliquité, se lisait POLICE » sont eux-mêmes porteurs d'inquiétude. L'univers visuel voit sa stabilité fragilisée. Et cet éclatement de la fixité des formes, s'il a sa version plaisante dans le gant dont la délicatesse coïncide avec la pesanteur du bronze, peut également devenir le signe d'une instabilité de l'être, derrière laquelle sommeille le néant. Et il n'est pas rare que le poète se peigne alors en proie à un danger, soumis, comme au Manoir d'Ango, à un maléfice.

Le merveilleux surréaliste se rapproche parfois du fantastique, tant la mort semble rôder, frapper l'univers d'irréalité. La double métaphore des « faits glissades » et des « faits précipices » suggère une gradation dans l'intuition d'une défaillance des repères antérieurs et dans le pressentiment que chacun risque d'être submergé par le déchaînement de forces inconnues. Dès lors que plusieurs événements entrent en résonance, la vibration qu'ils transmettent semble capable d'emporter le sujet : leur signification, qui se dérobe encore, pourrait être funeste. Le présent semble ainsi constamment aimanté, dans *Nadja*, par des présages. Le récit merveilleux recharge de sens l'ancienne association entre poésie et vision.

Cependant, à l'encontre du romantisme, le surréalisme ne fait pas du poète le porteur de prophétie : ce rôle incombe désormais à la figure, charmante et inquiétante, d'une muse errante. Relatant les séances de sommeil durant lesquelles Robert Desnos paraissait accéder à la divination, André Breton a soin de situer cette période dans une durée close désormais : comme si, ici encore, le danger encouru était excessif. Les surréalistes pouvaient pratiquer ce cheminement imaginaire à l'aller et au retour : les rapprochements poétiques nés de ces expériences restaient pour eux des métaphores. Seule Nadja ne semble pas avoir bénéficié de ce recul. La folie dans laquelle André Breton l'abandonne, non sans culpabilité, ne se distingue pas, selon lui, par nature de la non-folie ; elle repose, en tout cas, sur ce passage d'une limite dont Nadja ne semble plus avoir perçu la dimension funeste.

Pour prolonger la réflexion

Luc VIGIER, *Le Surréalisme*, La bibliothèque Gallimard, nº 181, 2006.

L'écrivain
à sa table de travail

Des premiers fragments
au dernier remaniement

ANDRÉ BRETON RÉDIGE le récit de sa rencontre avec
Nadja à partir d'août 1927 : très peu de temps sépare
donc l'expérience, vécue entre l'automne et l'hiver
1926, de sa transcription écrite. C'est dire que l'élaboration du texte s'est voulue la plus rapide et spontanée
possible, afin qu'aucune reconstruction littéraire ne
vienne priver le récit de sa qualité de document. Pour
autant, la promenade est bien ancrée dans la temporalité du déploiement d'une œuvre ; *Nadja* introduit en
effet des anecdotes relatives aux réactions de cette dernière à trois textes antérieurs : *Les Champs magnétiques*
de 1920, *Le Manifeste du surréalisme* suivi de *Poisson
soluble* de 1924, et enfin *Les Pas perdus*, de 1924 également. C'est dire que le récit s'inscrit dans la perspective
des œuvres précédentes, dont les échos informent
l'écriture nouvelle. Et l'étrange manière qu'a Nadja de
parcourir ces livres nous invite à nous interroger sur la
conception que le surréalisme se fait du geste de lecture.

En outre, André Breton dialogue aussi dans son texte
avec des écrits antérieurs — des articles de la revue *La
Révolution surréaliste* notamment — qu'il ne cite pas
mais qui fournissent pourtant un premier état de sa
pensée. La «Lettre aux médecins-chefs des asiles de

fous » publiée en 1925 dans le troisième numéro constitue, par exemple, une ébauche des accusations proférées dans *Nadja* à l'encontre des aliénistes. Un extrait du récit fut également publié dans la même revue, dans le n° 11 du 15 mars 1928, soit au moment même de la sortie en librairie de l'ouvrage complet. Quelques variantes sont repérables dont la signification doit être interrogée.

Mais ce sont surtout les remaniements opérés par l'écrivain en 1962, pour la réédition de l'année suivante, qui ont retenu les critiques. En effet, bien qu'il déclare, trente-quatre ans après la rédaction du texte, vouloir conserver à celui-ci son « dénuement » initial, André Breton introduit de nombreuses variantes — pour la plupart de détail : plus de trois cents. Elles concernent notamment l'adjonction de quatre clichés photographiques. L'intervention de Breton consista aussi à supprimer certains éléments. C'est le cas principalement de la relation, présente dans la version de 1928, de la nuit passée par l'écrivain avec Nadja à l'Hôtel Prince de Galles, lors du voyage à Saint-Germain-en-Laye. Beaucoup de commentateurs se sont complu à dénoncer l'ellipse de la version de 1963 comme la preuve d'un exercice délibéré de censure de la part d'André Breton ; n'était-ce pas le prendre en flagrant délit de contradiction avec ses propres revendications libertaires ? Interrogeant le « prologue » de la réédition, nous proposerons d'interpréter ces changements en regard de la culpabilité éprouvée par l'écrivain envers une jeune femme qu'il ne parvint pas à préserver de la chute dans la folie.

1.

L'intertextualité interne

D ans sa rédaction du récit des quelques mois traversés par la figure de Nadja, Breton intègre des références à certains de ses livres antérieurs. Il semble avoir le souci de transmettre à la jeune femme une connaissance suffisante des activités collectives du mouvement surréaliste : comme s'il souhaitait, dans un premier temps, l'intégrer à la petite communauté amicale. Lui confier des exemplaires des textes qu'il a rédigés récemment permet également à l'écrivain de poursuivre les présentations : son être profond a plus de chances de se révéler dans ces œuvres de création que dans les quelques moments de rencontre, où son comportement reste partiellement dirigé par des règles sociales.

1. *Les Champs magnétiques*

Avant même l'adhésion à Dada, Philippe Soupault et André Breton s'étaient adonnés, en 1919, à une expérience d'écriture inédite : sur le modèle des associations libres pratiquées par le patient dans la cure analytique, les deux amis tentent de faire disparaître de l'activité d'écriture le contrôle de la conscience. Ils choisissent d'alterner leurs interventions respectives et, surtout, de faire varier très souvent la vitesse d'écriture. Ces stratégies sont destinées à lutter contre le retour d'une censure rationnelle. Des annotations portées en 1930 sur l'exemplaire d'un collectionneur conservent la trace de ces incessantes variations de régime. Le titre retenu pour l'ensemble des textes ainsi produits, *Les*

Champs magnétiques, représente par une métaphore la conception que les deux écrivains se font de leur collaboration : les automatismes imaginaires et langagiers auraient soumis l'inspiration à des flux souterrains orientant l'invention verbale ; l'intensité de l'expression poétique se serait trouvée accrue par cette aimantation de l'imaginaire. Quant aux deux individus, ils auraient constitué deux pôles exerçant tour à tour attraction et répulsion sur autrui.

L'automatisme a pour vertu principale, aux yeux des surréalistes, de soumettre l'écriture aux mouvements complexes et contradictoires du désir. L'écrit devient comparable au dessin produit par la limaille de fer lorsqu'on la place sur une surface parcourue par un champ magnétique : sa fonction est de représenter un travail dynamique qui demeurerait sans cela invisible. Son pouvoir est donc de révélation. Le sous-titre des deux avant-dernières sections des *Champs magnétiques*, « Le pagure dit », est révélateur de la relation que l'écriture automatique entretient, selon Breton, avec l'identité : comme le pagure, proie facile, s'approprie provisoirement le refuge d'un coquillage rencontré, le flux des mots inconscients trouverait dans l'identité de l'écrivain un habitat provisoire. Le verbe cesse dès lors d'entretenir un lien d'appartenance, de ressemblance ou d'origine avec celui qui l'accueille durant l'expérience d'écriture automatique. C'est pourquoi le sujet peut s'exalter d'une telle découverte, mais aussi manquer d'y sombrer, au risque de subir une véritable aliénation : hallucinations, délire paranoïaque de persécution, intuition d'encourir un danger se manifestent à plusieurs reprises dans *Les Champs magnétiques*.

Le dernier texte, en particulier, porte le titre symptomatique « La fin de tout » et se compose d'un simple carton portant la mention :

André Breton & Philippe Soupault

BOIS & CHARBON

André Breton, dans *Nadja*, propose un développement consacré aux conséquences ultérieures de cette inscription mystérieuse. Son parcours des rues parisiennes, en compagnie de Philippe Soupault, aurait un jour été comme aimanté par les commerces auvergnats portant une telle enseigne. L'écriture prend ainsi acte des répercussions inconscientes d'un livre antérieur sur l'existence de son scripteur. En outre, une forme de logique irrationnelle semble se manifester. Elle est induite, cette fois, non par les signifiants verbaux mais par des images, « rondeaux de bois en coupe avec un secteur plus sombre ». L'angoisse naît devant une forme visuelle qui semble résister à toute transcription verbale : la pulsion de mort ne peut se couler dans aucune métaphore. La discontinuité du récit proposé par André Breton dans *Nadja* aurait ainsi à voir avec ce souci de refléter ce qui dans l'expérience refuse la symbolisation. Les images photographiques, si elles accompagnent le texte, ont également ce pouvoir de le trouer, d'y superposer un rythme absolument autre, d'y introduire une inquiétude.

2. *Les intertextes théoriques*

Breton prête également à la jeune femme qu'il rencontre des textes théoriques dans lesquels il a défini naguère l'état d'esprit surréaliste. *Les Pas perdus*, édités en 1924, recueillent notamment plusieurs interventions publiées en revues qui s'efforcent de situer le surréalisme par rapport aux entreprises poétiques contemporaines. C'est le cas du texte *L'Esprit nouveau*, dont le titre fait volontairement écho à la conférence dans laquelle Guillaume Apollinaire avait défendu, peu de temps avant sa mort, une conception de la poésie ouverte aux découvertes les plus récentes de la science moderne. Breton suggère, dans son article, de substituer à cette vision une qualité d'attention au réel qui soit capable d'être en perpétuelle alerte : la surprise — critère retenu par Breton comme par Apollinaire pour définir la poésie présente — ne doit pas surgir de cette confrontation à des connaissances ou à des techniques inédites, mais d'un quotidien contemplé avec suffisamment d'acuité et de curiosité sans prévention. Aussi le regard joue-t-il un rôle fondamental. Le récit de l'épisode vécu simultanément, mais sans qu'ils le sachent, par Aragon, Breton et André Derain (1880-1954) est destiné à refléter une telle disponibilité d'esprit : la jeune femme désorientée, « d'une beauté peu commune », a retenu l'attention des trois amis pour « quelque chose dans son maintien d'extraordinairement *perdu* ». La singularité du texte tient à ce qu'il n'élucide pas la nature de l'attraction éprouvée, pas plus qu'il n'exprime de déception devant la disparition définitive de la silhouette. L'esprit surréaliste se trouve dès lors défini par une qualité particulière d'émotion éprouvée devant des signaux intermittents et aléatoires. Breton semble même faire de la contingence de ces événements leur vertu première. L'absence de commentaire à la suite de la brève narration de l'anecdote est donc volontaire : l'événement, par son étrangeté, se suffit à lui-même. Voilà qui ne complaît pas à Nadja, qui recherche indéfiniment la valeur et le sens à prêter aux signes entraperçus…

L'analogie entre cet épisode relaté en 1924 et la rencontre, en 1926, de l'héroïne éponyme nous paraît fla-

grante. Pourtant, à la lecture de ce récit, Nadja ne
semble pas éprouver de surprise : ce n'est point la présence dans ce texte de la prophétie de leur rencontre
qui stupéfie la jeune fille. Elle éprouve, en revanche,
une véritable exaspération devant l'incapacité dans
laquelle se trouve Breton d'interpréter le phénomène :
comme si la suspension volontaire de la faculté de juger
à laquelle s'astreint le poète lui était insupportable. Là
où le surréaliste tire de telles expériences un doute
radical sur le degré de réalité du monde habituellement tenu pour objectif, la jeune femme y voit la preuve
de l'objectivité de ses propres désirs : les signaux que
son intuition projette sur l'environnement acquièrent à
ses yeux une consistance indéniable. Les deux réactions
des protagonistes sont donc exactement inverses et l'on
comprend dès lors que soit évoquée pour clore l'épisode la possibilité d'une séparation. Le quiproquo entre
les deux êtres trouve là une première manifestation.

L'intérêt de ce passage réside notamment dans l'image
qui nous est offerte de la lecture : loin d'être désincar-
née ou dépassionnée, l'approche d'un texte suscite des
réactions violentes, provoque — comme le fera également l'atmosphère d'un lieu — la transformation des
relations amicales ou amoureuses. Le livre, en dehors
de la signification des textes qu'il recèle, pourrait donc
à son tour devenir signal. Mais on constate aussi que
l'écrivain, loin de s'offusquer du fait que Nadja n'ait
parcouru que peu de pages de son texte et en ait opéré
une lecture pour le moins sélective, semble y trouver
une confirmation supplémentaire de la qualité surréaliste de son comportement. L'arbitraire de cette lecture
paraît, en effet, reposer sur une certaine confiance
dans le hasard. N'en déduisons pas hâtivement que
Breton prône une méthode de lecture fondée sur le

survol ! Par contre, il est indéniable qu'intuitivement Nadja refuse d'établir une barrière entre l'existence quotidienne et la « culture ». Ses réactions illustrent l'implication permanente de ses désirs : loin d'être un domaine extérieur, désincarné et désaffecté, l'écrit serait au cœur des inquiétudes et des espoirs dont se nourrit notre être. Ainsi est-il susceptible de fournir, lui aussi, des coïncidences.

3. *Une ébauche de l'incrimination des psychiatres*

Contrairement aux *Pas perdus*, certains textes antérieurs ne sont pas explicitement cités dans *Nadja*. Ils n'en constituent pas moins une étape dont la connaissance est souhaitable pour une meilleure approche du récit. Ainsi tout le passage très virulent dans lequel Breton dit son mépris de la psychiatrie et évoque son souhait, s'il était fou, de profiter d'une rémission pour assassiner « un de ceux, le médecin de préférence », qui lui tomberaient sous la main, ne fait que développer un pamphlet publié dans le numéro 3 de *La Révolution surréaliste*, du 15 avril 1925 : « Lettre aux médecins-chefs des asiles de fous ».

Ce numéro se caractérise par sa violence d'ensemble : il fait se succéder des anathèmes radicaux lancés à l'encontre du pape et des mises en cause des recteurs des universités européennes, accusés d'usurpation pour leur prétention à « canaliser l'intelligence et à décerner des brevets d'esprit ». La couverture de la revue porte ce titre explicite : « 1925 : la fin de l'ère chrétienne. » La colère surréaliste se déploie à l'égard de toutes les institutions occidentales et ne préserve aucune autorité. Cette suite de condamnations s'inspire manifestement d'une rhétorique anarchiste : Breton a souvent dit son admiration pour les deux drapeaux, rouge et noir — communiste et anarchiste —, qu'il voyait brandis, dans son enfance, lors de grèves à caractère insurrectionnel.

Ici, son réquisitoire visant les psychiatres repose sur une argumentation nettement politique : dans *La Révolution surréaliste*, les fous sont décrits comme « les victimes individuelles par excellence de la dictature sociale » ; les asiles sont qualifiés « d'effroyables geôles » « comparables à la caserne, à la prison et au bagne ». C'est ainsi tout l'appareil de répression de la société qui est associé par le surréalisme aux structures psychiatriques. Celles-ci prétendent imposer comme critère de normalité l'adaptation au réel. Les visées médicales des traitements sont donc niées ; les malades, loin d'être menés sur la voie de la guérison ou de la rémission, seraient utilisés comme « une main-d'œuvre gratuite et commode » ; c'est à cette fin que l'on convertirait en maladie chronique la crise initiale.

Mais le propos se fait plus violemment dénonciateur encore lorsqu'il aborde le crédit accordé aux experts psychiatres par la justice. Cette responsabilité est jugée excessive et injustifiée. D'autre part, l'application juridique de la psychiatrie est perçue comme une collusion entre deux domaines qui devraient rester étanches : le domaine intellectuel et le domaine judiciaire. Le pamphlet s'insurge contre « le droit attribué à des hommes de sanctionner par l'incarcération perpétuelle leur investigation dans le domaine de l'esprit ». Ce qui devrait relever du libre exercice de l'intelligence se trouve ainsi dévoyé à des fins pratiques coercitives. C'est pourquoi la question psychiatrique est considérée par les surréalistes comme un symptôme de l'état de la culture européenne. La reconnaissance par d'autres civilisations de la fonction possible du délire, leur intégration des aliénés au sein des rituels sociaux traduiraient l'infériorité d'un Occident qui se prévaut de ses valeurs. La dénonciation surréaliste englobe ainsi l'ethnocentrisme.

On ajoutera qu'au moment de la rédaction de *Nadja* se tenait à Blois le «Congrès des médecins aliénistes et neurologistes de France» (juillet 1927). André Breton a pu lire les comptes rendus journalistiques des conférences inaugurales qui dénonçaient la tendance «laxiste» des magistrats à faire sortir trop rapidement les aliénés. L'écrivain trouva sans doute là matière à grossir encore sa colère. L'actualité immédiate est prise en compte par l'écrivain surréaliste. On voit, en tout cas, que le litige avec la psychiatrie ne date pas de l'enfermement de Nadja… Mais peut-être la culpabilité éprouvée à la suite de cet événement chercha-t-elle un exutoire dans cette incrimination de responsables extérieurs. Le pamphlet, écrit quelque quatre ans auparavant, a été repris par Breton parce qu'il lui permettait d'inscrire dans un cadre prédéterminé le trouble présent.

2.

Un extrait publié en revue

La revue ne fournit pas seulement des modèles antérieurs. Le onzième numéro de *La Révolution surréaliste*, daté du 15 mars 1928, propose en pages 9, 10 et 11 un fragment de *Nadja*. Les lecteurs de la revue sont ainsi invités à découvrir un extrait du récit qui paraît en intégralité à la même époque. C'est l'épisode du

6 octobre 1927 qui a été retenu par Breton pour cette publication fragmentaire. Quelques variantes sont repérables entre les deux versions. On note d'abord que le texte de la revue précise l'objet de la course qui mène l'écrivain sur les Boulevards, non loin de l'Opéra : «j'ai à aller retirer d'un magasin de réparation mon stylo». Cette notation disparaît au profit d'un plus vague : «où m'appelle une course brève». Si ce changement demeure anodin, il témoigne du désir d'André Breton de gommer tous les traits qui peuvent contribuer à tracer de lui le portrait d'un «homme de lettres». Son errance au cœur de la ville se doit d'apparaître désintéressée. L'ajout, dans le texte définitif, de la mention «sans y penser» à propos du retour insensible des deux promeneurs à leur point de départ, sur les Boulevards, contribue pour sa part à renforcer l'image d'une déambulation erratique, orientée par des désirs inconscients, selon un itinéraire apparemment aléatoire.

Plus significatif est le remaniement qui concerne l'appel que Breton et Aragon, dans *L'Esprit nouveau*, avaient cru entendre. Dans le fragment de la revue, le qualificatif retenu était «mystique». On comprend qu'un tel adjectif ait pu paraître sujet à caution aux yeux de l'écrivain surréaliste. Désireux d'éviter tous les points susceptibles d'entretenir la confusion et de susciter le reproche d'idéalisme, Breton préfère, dans l'ouvrage publié en volume, la qualification plus neutre : «l'*irrésistible* appel». Le texte perd peut-être en ambiguïté ce qu'il gagne en clarté.

En outre, le onzième numéro de *La Révolution surréaliste* offrait l'avantage de mettre en relation *Nadja* avec d'autres textes, réunis dans le même volume. Ainsi les préoccupations contemporaines d'André Breton se voyaient reflétées. Aussi le lecteur pouvait-il faire le rapprochement entre le récit et le texte, signé Aragon et Breton, consacré au «Cinquantenaire de l'hystérie 1878-1928». Les deux écrivains saluaient d'emblée dans l'hystérie «la plus grande découverte poétique de la fin du XIXe siècle». Ils déploraient les «hypothèses positivistes» qui tendaient désormais à dissoudre cette pathologie, à la prétendre «démodée». Eux désirent saluer «l'aura superbe» de l'hystérie, qui les «retient à l'égal des tableaux vivants les plus expressifs». Aussi en proposent-ils une nouvelle définition comme «moyen suprême d'expression». L'article était illustré de six clichés intitulés «attitudes passionnelles en 1878», consacrés aux poses cataleptiques d'une jeune malade de la Salpêtrière. Par le biais de la référence à Jean Martin Charcot (1825-1893), les deux surréalistes rendaient indirectement hommage à Freud : la réussite de la technique de la suggestion auprès des malades hystériques fut, en effet, à l'origine de l'adoption freudienne de l'hypnose.

Mais cette célébration, dès lors qu'on la conserve à l'esprit au cours de la lecture de *Nadja*, induit surtout plusieurs effets. Les troubles psychologiques sont d'emblée revêtus d'une valeur esthétique ; leur possible association à une mise en danger des malades par eux-mêmes est gommée. On retrouve là l'attitude adoptée par Breton envers Nadja, dont les divagations l'éblouissent d'abord plus qu'elles ne l'inquiètent. D'autre part, il est indéniable que la déclaration finale du récit *Nadja* — «la beauté sera CONVULSIVE ou ne sera pas» — entre en résonance avec les clichés illustrant le *Cinquantenaire*. André Breton aura trouvé dans ces convulsions hystériques le modèle d'une séduction reposant sur la simulation inconsciente d'un éclatement de l'être. Le contexte de la revue signale ainsi la dimension

ouvertement érotique de la nouvelle esthétique qui se
dégage à la fin de *Nadja*. Par ailleurs, une filiation s'éta-
blit entre les patientes de Charcot, qui amenèrent le
médecin vers des découvertes fondamentales dans la
représentation du psychisme humain, et Nadja, qui
joue le même rôle auprès d'André Breton en matière
de pensée poétique.

3.

L'intervention de 1963

Lorsqu'il s'emploie à republier son texte après plusieurs décennies, André Breton bénéficie d'un
regard rétrospectif. Aussi, malgré son souhait de conserver à son texte son allure initiale, cède-t-il souvent à la
tentation d'en augmenter la lisibilité et d'en réorienter
certains passages. Ces modifications opèrent à plusieurs
niveaux : les photographies changent de place, certaines sont ajoutées, d'autres modifiées. Les éléments
du récit sont globalement respectés, sauf un épisode
dont la suppression est symptomatique du malaise
éprouvé par l'écrivain par-delà les années écoulées.
Enfin, Breton a tendance à projeter sur son texte certains des concepts postérieurs provenant de la théorie
surréaliste des années 1930, au risque de durcir le sens
de son œuvre.

1. *L'adjonction de photographies*

Les techniques modernes d'imprimerie et de reproduction des images permettent en 1963 de revoir
l'insertion des clichés : l'écrivain diminue le décalage

entre les paragraphes de texte concernés et le cliché photographique qui s'y rapporte. Il bénéficie également de la possibilité matérielle de présenter les photographies à la verticale sur la page, ce qui harmonise le geste de lecture et celui de la contemplation des images qui, dans la première version, impliquait de tourner le livre. Cependant, les changements ne s'expliquent pas tous entièrement par les progrès techniques de l'industrie du livre puisque Breton retravaille le cadrage de certaines photographies. Il propose, par exemple, un gros plan du colombier du Manoir d'Ango, ce qui dramatise l'effet visuel, renforce l'inquiétude suscitée par le lieu. L'ajout de la photographie de Pablo Volta prise au musée Grévin en 1956 brouille la temporalité et tend à démontrer la pérennité de l'imaginaire surréaliste.

L'effet d'ensemble créé par l'insertion des clichés est multiple. Bien sûr, le récit se trouve ainsi allégé des descriptions, passages narratifs qui, aux yeux de Breton, ont toujours paru superfétatoires. Mais un rythme est aussi suscité par le décalage — même réduit en 1963 — entre le texte et l'image ; de cette façon le lecteur est amené à éprouver concrètement la coïncidence entre les émotions évoquées par le texte écrit et les résonances imaginaires de l'image : cette structure offre un équivalent livresque de la rencontre entre les signaux indépendants dont Breton fait le cœur des expériences vécues avec Nadja. Les photographies témoignent parfois de la fascination pleine d'angoisse que suscite chez Breton le visible. À d'autres moments, leur relative banalité, comme dans le cas du buste de Becque ou du château de Saint-Germain, conduit à une déception du lecteur ; celui-ci est dès lors amené à réfléchir sur la transformation du « réel » par le point de vue subjectif adopté sur lui. Les reproductions consacrées aux des-

sins de Nadja ont le mérite de restituer sans intermédiaire l'univers imaginaire de la jeune femme ; elles ont
une valeur semblable à l'ensemble des clichés qui révèlent l'éclectisme des objets collectionnés par André
Breton : comme si l'écrivain offrait ici au spectateur
l'équivalent d'une visite de son atelier. La juxtaposition
des toiles surréalistes de De Chirico, des statuettes afri-
caines ou océaniennes et des réclames offre une représentation des surprenants échos qu'entretiennent ces
fragments d'univers : malgré le procédé de reproduction, André Breton tente ainsi de maintenir à chacun
de ces objets cette aura que le philosophe Walter Benjamin (1892-1940) craint de voir disparaître avec la
modernité.

2. *La suppression de la nuit de Saint-Germain*

La principale « retouche » apportée par l'écrivain en
1963 concerne un bref passage : la mention de la nuit
passée avec Nadja à l'Hôtel du Prince de Galles, à Saint-
Germain, est subrepticement effacée. Le rédacteur d'une
autobiographie a bien sûr ce pouvoir de sélectionner
les épisodes relatés et d'en plonger certains dans l'oubli. Paradoxalement, le geste de Breton a obtenu un
effet contraire puisque très vite les critiques repérèrent
cette étrange disparition. Quelles raisons poussèrent
André Breton à risquer ces commentaires ?

Peut-être la rencontre avec Nadja a-t-elle revêtu
rétrospectivement une fonction intermédiaire. Le texte
initial voyait déjà dans Nadja une messagère qui devait
annoncer le surgissement de l'amour dans la vie de
l'écrivain ; les dernières pages s'adressaient, à la seconde
personne, à celle qui devait mettre fin à la « substitution
de personnes », c'est-à-dire susciter une passion sans

réserve ; en outre, à la différence de Nadja, cette nouvelle destinataire rassurait l'écrivain sur son identité, lui
offrait une réponse à la quête ontologique qui ouvrait
le texte : «Qui suis-je ?» Si Breton fait disparaître la
mention de la relation érotique avec Nadja, c'est probablement que cet épisode renforçait la confusion,
était susceptible d'induire chez le lecteur l'impression
que Breton avait pu, un temps, se tromper sur la nature
du signal transmis par la jeune femme. Sans doute
l'écrivain éprouve-t-il, trois décennies plus tard, une
culpabilité plus grande et plus diffuse : effacer la mention de cette nuit revient inconsciemment à faire disparaître la crainte d'avoir renforcé le trouble de la jeune
femme et d'avoir pu déchoir à ses propres yeux. En faisant se rejoindre le merveilleux et le réel, l'écrivain n'a-
t-il pas contribué à creuser la faille schizophrénique qui
allait bientôt conduire Nadja au délire ?

3. *Le durcissement théorique*

Au-delà de ces conjectures, il est sûr que le travail de
Breton avant la republication de son texte vise à renforcer sa dimension exemplaire. Le mouvement surréaliste a eu tendance à développer dans les années 1930
une réflexion théorique destinée à donner une «char-
pente dogmatique» à l'organisation collective. La création du concept de «hasard objectif» répond à cette
exigence : le terme permet de systématiser l'interprétation des coïncidences. Il reflète le souci politique de
conférer à l'expérience surréaliste une dimension révolutionnaire : la résonance reliant plusieurs signaux entre
eux manifesterait, en effet, la capacité objective de
l'univers à répondre aux désirs humains. En emprun-
tant à Friedrich Engels (1820-1895) sa théorie affirmant

que la nature repose sur une structure dialectique et est donc susceptible de correspondre à la dialectique de l'histoire humaine, le surréalisme s'engage dans une impasse. Mais prime alors la volonté de rapprochement avec le parti communiste. Bien que cette tentative ait échoué depuis longtemps, Breton en 1963 maintient cependant ce cap théorique, refusant de mettre à mal l'édifice conceptuel peu à peu bâti au fil des époques. La conséquence en est un durcissement du texte : la version de 1963 de *Nadja* cherche à systématiser les rencontres entre le flux intérieur de pensées et les événements extérieurs qui reflètent une nécessité objective. Certains termes, qui suggéraient d'autres interprétations possibles, sont désormais proscrits. Ainsi le qualificatif «mystique», qui dépeignait les coïncidences comme appartenant à une recherche spirituelle du sacré, est rayé… De manière globale, André Breton cherche également à manifester la cohérence générale de son œuvre ; c'est pourquoi il présente désormais *Nadja* comme le premier volet d'un triptyque qui se poursuivrait avec *Les Vases communicants* (1932) et *L'Amour fou* (1937).

Pour prolonger la réflexion

Pierre ALBOUY, «Signe et signal dans *Nadja*», *Europe*, n° 483-484, 1969.

Ferdinand ALQUIÉ, *Philosophie du surréalisme*, Flammarion, 1955.

Michel BEAUJOUR, *Terreur et rhétorique*, Jean-Michel Place, 1999.

Philippe BERNIER, Étienne-Alain HUBERT, *Nadja*, Bréal, « connaissance d'une œuvre », 2002.

Marguerite BONNET, Notice de *Nadja*, dans André Breton, *Œuvres complètes*, Tome I, Pléiade, 1988.

Jacqueline CHÉNIEUX-GENDRON, *Le Surréalisme et le Roman*, Lausanne, L'Âge d'homme, 1983.

Jacqueline CHÉNIEUX-GENDRON, directrice, *Pensée mythique et surréalisme*, Lachenal et Ritter, 1996.

Pascaline MOURRIER-CASILLE, *Nadja d'André Breton*, Gallimard, foliothèque, n° 37, 1994.

Michel MURAT, directeur, *Cahier de l'Herne André Breton*, L'Herne, 1998.

Roger NAVARRI, *Nadja, études littéraires*, Presses universitaires de France, 1986.

Patrick NÉE, *Lire Nadja de Breton*, Dunod, 1993.

Werner SPIES, *L'Œil, le mot*, Christian Bourgois, coll. « Titres », 2007.

Groupement de textes

Figures de médiatrices

LE RÉCIT POÉTIQUE *Nadja* est entièrement dévolu à la description des rencontres avec une silhouette féminine énigmatique qui semble issue du rêve. Nadja traverse l'existence de l'écrivain, l'emplit de présages qui continuent de scintiller bien après sa disparition derrière les portes de l'asile. De telles silhouettes peuplent fréquemment la littérature, depuis la sylphide de Chateaubriand jusqu'à la jeune noyée de l'*Aurélien* d'Aragon. Le mystère s'incarne en elles, mais aussi la poésie : elles confirment, en effet, les écrivains dans leur vocation de déchiffreurs de signes. Depuis le *Banquet* de Platon, l'Occident associe le charme des beaux corps à la séduction de la beauté qui ouvre elle-même le cheminement vers la vérité. Ce «charme», qui désigne originellement le pouvoir d'incantation du chant poétique, se trouve dès lors pourvu d'une dimension transcendante. Il permet d'accéder à un arrière-monde dont la présence se laisse parfois pressentir par d'infimes tremblements du réel. *Nadja* prend ainsi place dans une constellation culturelle construite autour de figures féminines qui initient l'écrivain, lui offrent une révélation.

Depuis Dante, la jeune femme amène une révolution dans l'existence du créateur, l'engage sur la voie d'une «vie nouvelle». L'extrait retenu se consacre à la relation du bouleversement induit chez l'écrivain par la première rencontre avec Béatrice. Le contexte chrétien se dévoile dans un portrait qui utilise, à des fins d'idéalisation, des analogies avec la Vierge. Cette scène frappe par l'association entre cette dimension religieuse — n'est-ce pas la grâce qui tombe sur Dante en même temps que la passion ? — et la précision d'une analyse presque médicale : le coup de foudre est représenté comme une brusque agitation des «esprits», humeurs auxquelles la parole est singulièrement prêtée par le poète. Ces prosopopées inscrivent la relation entre les deux êtres dans un univers culturel dont la cohérence paraît inébranlable. La médiatrice restitue à l'univers son sens et son unité.

Influencé par le romantisme allemand, Gérard de Nerval hésite fréquemment entre la dimension autobiographique de ses récits et leur nature fantastique. Le rêve s'épanche dans la vie réelle, au point que les frontières s'effacent. Aussi le texte *Aurélia* prend-il la forme d'une errance. La figure réelle d'une actrice aimée rejoint le souvenir d'une mère idéalisée tôt disparue. La culpabilité du survivant trouve sa sanction, dans le récit, sous la forme d'un sentiment d'abandon. L'amour physique est comme interdit. L'écrivain persiste pourtant à idolâtrer celle qui l'a congédié. Non sans lucidité, Nerval identifie ses nombreuses lectures comme les sources des divagations de son imagination. Mais la folie le met sur la voie d'une autre compréhension de l'univers : la médiatrice suscite une crise de la représentation dont le danger est gage de découvertes…

Dans *Les Fleurs du mal*, Charles Baudelaire associe pour sa part cette irruption impromptue d'une possible muse à l'univers urbain. La foule, dans laquelle le poète aime à «prendre des bains de multitude», réserve parfois, au détour d'un boulevard, la chance d'entrapercevoir un regard éperdu. Plus encore que l'égérie de Nerval, la passante de Baudelaire appartient à la ville. Son irruption imprévue fait souffler sur le poète ce que Breton nommera plus tard le «vent de l'éventuel». La fugacité de son apparition n'a d'égale que l'intensité de l'intuition qui naît dans l'esprit du poète : c'est la Beauté elle-même qu'il eût pu posséder en retenant la passante. Elle réalise la synthèse entre l'harmonie sculpturale de la divinité classique et la vivacité étrange et surprenante de la femme romantique. Son pas s'imprime dans le souvenir, le silence qui lui succède le rend irrévocable. La médiatrice semble porter le deuil de cette passion qui eût pu naître ; sa séduction est à la mesure de la certitude qu'on éprouve immédiatement de ne pouvoir la retenir.

Marcel Proust dote le personnage d'Albertine de qualités analogues. Le roman *La Prisonnière* analyse la jalousie éprouvée par le narrateur. L'amour apparaît indissociable d'un désir démesuré de maîtriser tous les signes émis par l'être aimé. Mais la tâche est vouée à l'échec et le narrateur se trouve bientôt contraint de reconnaître qu'Albertine lui échappe. La passion amoureuse se mêle inextricablement à l'émotion esthétique : chaque œuvre lue, contemplée ou écoutée est bientôt le lieu d'une projection. Sa beauté devient indissociable des traits que l'imagination sans cesse fait ressurgir. En retour la jeune femme acquiert une nature esthétique et «s'irréalise». Ce dédoublement momentané nourrit cependant les craintes du jaloux : n'y aurait-il pas autant de différence entre l'Albertine idéalisée par l'art et l'Albertine réelle qu'entre celle qu'il croit et ce qu'elle est vraiment? Le même mouvement dirige l'imagination de l'esthète et celle de l'amant ravagé par son perpétuel soupçon...

Lecteur de Nerval, le poète et prosateur contemporain Gérard Macé développe une rêverie autour de la trace d'un nom romain dont l'épitaphe fut aperçue sur le Capitole. Son imagination s'empare de ces signes énigmatiques et reconstruit l'image de la jeune femme qu'ils désignèrent jadis. Comme dans Aurélia, la mort semble favoriser le déploiement du rêve et la distance, historique cette fois, apparaît comme un obstacle que l'écriture peut vaincre. Mais le questionnement introduit également une nuance nostalgique : l'image que notre amour construit n'a-t-elle pas l'évanescence de ces signes si fragiles ?

Dante ALIGHIERI (1265-1321)
Vita Nova (1292-1293)
(trad. de Louis-Paul Guigues, Poésie/Gallimard)

Le poète italien Dante Alighieri est surtout connu pour sa peinture de l'Enfer, du Purgatoire et du Paradis dans La Divine Comédie, *composée de 1304 à 1316. La* Vita Nova *(« vie nouvelle »), écrite quelques années avant, est le récit, en prose mêlée de vers, d'une existence illuminée par la rencontre avec Béatrice. Cet amour élève le poète au rang divin en lui conférant une intelligence nouvelle. L'amour courtois, parce qu'il engendre une exaltation presque mystique, transfigure l'être. Au début de la* Vita Nova *est rapportée la première rencontre avec « l'angellette », au printemps 1274 à Florence. Les signes de cette grâce reçue sont décryptés par le poète. L'étymologie du prénom — « heureuse » — constitue un présage.*

II

Neuf fois déjà, depuis ma naissance, le ciel de la lumière[1] était revenu presque à un même point, de par sa propre giration[2], lorsque à mes yeux apparut pour la première fois la glorieuse dame de ma pensée laquelle fut appelée Béatrice par bien des gens qui ne savaient pas si bien dire. Elle était demeurée en cette vie déjà assez pour qu'en ce temps le ciel des étoiles se fût déplacé vers l'orient de la douzième partie d'un degré[3]. Aussi m'apparut-elle presque au début de sa neuvième année et moi la vis-je presque à la fin de ma neuvième. Elle apparut vêtue de très noble couleur, d'un humble et chaste rouge, ceinte et ornée ainsi qu'il convenait à son très jeune âge. En ce point, je dis véritablement que l'esprit de la vie, lequel demeure en la plus secrète chambre du cœur, commença à trembler si fort qu'il se manifestait terriblement dans les moindres veines. Et, tremblant, il dit ces paroles : *Ecce deus fortior me, qui veniens dominabitur michi*[4]. En ce point, l'esprit animal, lequel demeure en la haute chambre dans laquelle tous les esprits sensitifs portent leurs perceptions, commença à fort s'émerveiller et, parlant spécialement aux esprits de la vue, il dit : *Apparuit iam beatitudo vestra*[5]. En ce point, l'esprit naturel, lequel demeure en cette partie où s'élabore notre nourriture, commença à pleurer, et, pleurant, dit

---

1. Le ciel du soleil dans la représentation du Cosmos par les Anciens.
2. De son propre mouvement : croyance en un double mouvement du soleil et des planètes, l'un qui leur est propre, l'autre qui est imprimé par le ciel cristallin.
3. On considérait alors que le ciel des étoiles fixes parcourait un degré en cent ans. La scène se passe en mai 1274.
4. «Voici un dieu plus fort que moi, qui vient pour être mon maître. » (*Michi* est une forme médiévale de *mihi*.)
5. «Maintenant est apparue votre béatitude.» Selon le *Paradis*, dans la *Divine Comédie* (XXVIII, 109-111), la béatitude naît de la seule vue du sourire terrestre de Béatrice et préfigure la béatitude éternelle après la mort.

ces paroles : *Heu, miser, quia frequenter impeditus ero deinceps*[1].

Dès lors, je dis qu'Amour domina mon âme, laquelle tout aussitôt lui fut mariée, et commença à prendre sur moi si grande assurance et telle seigneurie, grâce à la force que lui donnait mon imagination, qu'il me fallait accepter d'accomplir ses moindres volontés. Il me commandait souvent de chercher à voir cette angellette, et moi, enfant, maintes fois je l'allais cherchant et voyais en elle de si nobles et louables manières que d'elle on eût certes pu dire cette parole du poète Homère : *Elle ne paraissait pas fille d'un mortel, mais d'un dieu.* Et bien que son image, laquelle demeurait continuellement avec moi, encourageât Amour à me gouverner, cette image possédait une si noble vertu que jamais elle ne souffrit qu'Amour me conduisît sans le fidèle conseil de la raison, chaque fois qu'un tel conseil eût pu être utile à entendre.

Gérard de NERVAL (1808-1855)

Aurélia ou Le Rêve et la Vie (1855)

(Folio classique n° 4243)

Dans ce texte publié en partie après sa mort, Nerval hésite entre le récit clinique, transcription de ses crises de délire à l'intention du docteur Blanche, et le récit d'initiation, né de la révélation des rêves. La poursuite et la perte d'une femme aimée (la chanteuse Jenny Colon) se transmuent en une découverte hallucinée de l'essence la plus profonde de la réalité. Aurélia est celle par qui s'opère cette exploration née de « l'épanchement du songe dans la vie réelle ». Cette errance appelle à la création d'une forme poétique, capable d'opérer,

---

1. « Las, malheureux que je suis ! car souvent, désormais, je serai empêché. »

par le dédoublement de l'instance narrative, à la fois la transcription et l'analyse du rêve.

I

Le Rêve est une seconde vie. Je n'ai pu percer sans frémir ces portes d'ivoire ou de corne[1] qui nous séparent du monde invisible. Les premiers instants du sommeil sont l'image de la mort ; un engourdissement nébuleux saisit notre pensée, et nous ne pouvons déterminer l'instant précis où le *moi*, sous une autre forme, continue l'œuvre de l'existence. C'est un souterrain vague qui s'éclaire peu à peu, et où se dégagent de l'ombre et de la nuit les pâles figures gravement immobiles qui habitent le séjour des limbes. Puis le tableau se forme, une clarté nouvelle illumine et fait jouer ces apparitions bizarres ; — le monde des Esprits s'ouvre pour nous.

Swedenborg appelait ces visions *Memorabilia* ; il les devait à la rêverie plus souvent qu'au sommeil ; *L'Âne d'or* d'Apulée, *La Divine Comédie* du Dante, sont les modèles poétiques de ces études de l'âme humaine[2]. Je vais essayer, à leur exemple, de transcrire les impressions d'une longue maladie qui s'est passée tout entière dans les mystères de mon esprit ; — et je ne sais pourquoi je me sers de ce terme maladie, car jamais, quant à ce qui est de moi-même, je ne me suis senti mieux portant. Parfois, je croyais ma force et mon activité doublées ; il me semblait tout savoir, tout comprendre ; l'imagination m'apportait des délices

---

1. Allusion à Virgile, *Énéide*, VI, v. 894-897 : « il est deux portes du Sommeil, l'une, dit-on, est de corne, par où une issue facile est donnée aux ombres véritables ; l'autre, d'un art achevé, resplendit d'un ivoire éblouissant, c'est par là cependant que les Mânes envoient vers le ciel l'illusion des songes de la nuit. ».
2. Ces modèles littéraires sont *Le Livre des rêves* de Swedenborg (1688-1772), dont la théorie des « correspondances » inspira Balzac (1799-1851) et Baudelaire, *L'Âne d'or* est un récit initiatique d'Apulée (125-170 environ). Sur *La Divine Comédie*, voir le premier extrait.

infinies. En recouvrant ce que les hommes appellent la raison, faudra-t-il regretter de les avoir perdues ?... Cette *Vita nuova*[1] a eu pour moi deux phases. Voici les notes qui se rapportent à la première. — Une dame que j'avais aimée longtemps et que j'appellerai du nom d'Aurélia, était perdue pour moi. Peu importent les circonstances de cet événement qui devait avoir une si grande influence sur ma vie. Chacun peut chercher dans ses souvenirs l'émotion la plus navrante, le coup le plus terrible frappé sur l'âme par le destin ; il faut alors se résoudre à mourir ou à vivre : — je dirai plus tard pourquoi je n'ai pas choisi la mort. Condamné par celle que j'aimais, coupable d'une faute dont je n'espérais plus le pardon, il ne me restait qu'à me jeter dans les enivrements vulgaires ; j'affectai la joie et l'insouciance, je courus le monde, follement épris de la variété et du caprice ; j'aimais surtout les costumes et les mœurs bizarres des populations lointaines, il me semblait que je déplaçais ainsi les conditions du bien et du mal ; les termes, pour ainsi dire, de ce qui est *sentiment* pour nous autres Français. — Quelle folie, me disais-je, d'aimer ainsi d'un amour platonique une femme qui ne vous aime plus. Ceci est la faute de mes lectures ; j'ai pris au sérieux les inventions des poètes, et je me suis fait une Laure ou une Béatrix[2] d'une personne ordinaire de notre siècle...

(Première partie)

---

1. Voir le premier texte du groupement.
2. Laure est la Dame célébrée par le poète Pétrarque (1304-1374) dans son *Canzoniere*, recueil de ses poèmes italiens. Sur Béatrix ou Béatrice, voir le premier texte du groupement.

Charles BAUDELAIRE (1821-1867)

Les Fleurs du mal (1857)

(Folioplus classiques n° 17)

Dans ce poème, extrait des « Tableaux parisiens », Baude-laire surprend une beauté fugitive dont le passage éveille sa curiosité. La femme est ici l'incarnation de la modernité, pro-messe transitoire d'éternité.

À une passante

La rue assourdissante autour de moi hurlait.
Longue, mince, en grand deuil, douleur majestueuse,
Une femme passa, d'une main fastueuse
Soulevant, balançant le feston et l'ourlet ;

Agile et noble, avec sa jambe de statue.
Moi, je buvais, crispé comme un extravagant,
Dans son œil, ciel livide où germe l'ouragan,
La douceur qui fascine et le plaisir qui tue.

Un éclair… puis la nuit ! — Fugitive beauté
Dont le regard m'a fait soudainement renaître,
Ne te verrai-je plus que dans l'éternité ?

Ailleurs, bien loin d'ici ! trop tard ! *jamais* peut-être !
Car j'ignore où tu fuis, tu ne sais où je vais,
Ô toi que j'eusse aimée, ô toi qui le savais !

Marcel PROUST (1871-1922)

À la recherche du temps perdu
La Prisonnière (1923)

(Folio classique n° 2089)

Dans cet extrait romanesque, le narrateur proustien évoque les enrichissements réciproques de la vie et des arts. La femme

aimée acquiert une aura idéale grâce à la fréquentation assi-
due des œuvres d'art.

Les jours où je ne descendais pas chez Mme de Guermantes, pour que le temps me semblât moins long, durant cette heure qui précédait le retour de mon amie, je feuilletais un album d'Elstir, un livre de Bergotte, la sonate de Vinteuil[1].

Alors comme les œuvres mêmes qui semblent s'adresser seulement à la vue et à l'ouïe exigent que pour les goûter notre intelligence éveillée collabore étroitement avec ces deux sens — je faisais sans m'en douter sortir de moi les rêves qu'Albertine y avait jadis suscités quand je ne la connaissais pas encore et qu'avait éteints la vie quotidienne. Je les jetais dans la phrase du musicien ou l'image du peintre comme dans un creuset, j'en nourrissais l'œuvre que je lisais. Et sans doute celle-ci m'en paraissait plus vivante. Mais Albertine ne gagnait pas moins à être ainsi transportée de l'un dans l'autre des deux mondes où nous avons accès et où nous pouvons situer tour à tour un même objet, à échapper ainsi à l'écrasante pression de la matière pour se jouer dans les fluides espaces de la pensée. Je me trouvais tout d'un coup, et pour un instant, pouvoir éprouver pour la fastidieuse jeune fille, des sentiments ardents. Elle avait à ce moment-là l'apparence d'une œuvre d'Elstir ou de Bergotte, j'éprouvais une exaltation momentanée pour elle, la voyant dans le recul de l'imagination et de l'art.

Bientôt on me prévenait qu'elle venait de rentrer ; encore avait-on ordre de ne pas dire son nom si je n'étais pas seul, si j'avais par exemple avec moi Bloch[2] que je forçais à rester un instant de plus de façon à ne pas risquer qu'il rencontrât mon amie. Car je cachais qu'elle habitât la maison, et même que je la visse jamais chez moi tant j'avais peur qu'un de mes amis

---

1. Personnages fictifs d'*À la recherche du temps perdu*, respectivement peintre, romancier et musicien.
2. Albert Bloch, ami du narrateur.

s'amourachât d'elle, ne l'attendît dehors, ou que dans l'instant d'une rencontre dans le couloir ou l'anti-chambre, elle pût faire un signe et donner un rendez-vous. Puis j'entendais le bruissement de la jupe d'Albertine se dirigeant vers sa chambre, car par dis-crétion et sans doute aussi par ces égards où autrefois dans nos dîners à la Raspelière[1], elle s'était ingéniée pour que je ne fusse pas jaloux, elle ne venait pas vers la mienne sachant que je n'étais pas seul. Mais ce n'était pas seulement pour cela, je le comprenais tout à coup. Je me souvenais, j'avais connu une première Albertine, puis brusquement elle avait été changée en une autre, l'actuelle. Et le changement, je n'en pouvais rendre responsable que moi-même. Tout ce qu'elle m'eût avoué facilement, puis volontiers, quand nous étions de bons camarades, avait cessé de s'épandre dès qu'elle avait cru que je l'aimais, ou, sans peut-être se dire le nom de l'Amour, avait deviné un sentiment inquisitorial qui veut savoir, souffre pourtant de savoir, et cherche à apprendre davantage. Depuis ce jour-là elle m'avait tout caché.

Gérard MACÉ (né en 1946)

Les Trois Coffrets (1985)

(Gallimard, « Le Chemin »)

Revenant sur Rome et ses ruines, Gérard Macé s'interroge sur la persistance, malgré l'oubli et les siècles, d'une mémoire des êtres singuliers; c'est, dès lors, sa propre identité qui vacille.

Ce nom où crépite aujourd'hui la foudre, je l'ai d'abord entendu comme s'il résumait à lui seul le mutisme du monde, mais un mutisme déchaîné.

---

1. Château près de Balbec, station balnéaire constituant un des pôles géographiques et symboliques de la fiction.

Et quand éclata un de ces orages qui font de Rome une arche qui sombre, ou plus simplement un bateau qui prend l'eau (je finissais de dîner à la terrasse d'Archimède, face à l'éléphant de la Minerve[1] qui semble avoir traversé les Alpes avec les armées d'Hannibal et qui tient sur son dos depuis trois siècles, en équilibre instable, un obélisque prêt à se fracasser), je n'avais eu le temps ni de retenir ni de faire répéter ce nom prononcé comme un mot de passe, qui devait me mener le lendemain à l'entrée du Capitole, pour y voir d'abord une noce en train de poser pour le photographe ; puis, en levant les yeux, ces lettres enfin lisibles au-dessus de la porte d'entrée, majuscules jusque-là détachées de toute écriture :

CREPEREIA TRYPHAENA

c'est-à-dire l'allitération du désir et du secret qui s'ébruite au cœur des mots, mais aussi l'anagramme d'un nom vivant, le « mannequin » d'une autre femme, coiffée nue et noire au creux d'un lit trop réel, ou bien perdue dans un rêve qu'elle me raconte au matin : presque nue et décoiffée, montrée du doigt dans la vitrine d'un tailleur, se prenant pour la « femme au portrait[2] » qu'elle a vue la veille au cinéma…

Mais pourquoi cette image d'une morte amoureuse[3] avec laquelle je m'endors depuis des mois pour plonger dans un sommeil dont je ne sais rien, trop profond pour être honnête, et qui me laisse au matin tout endolori, recru de fatigue et vaguement idiot ? C'est par la porte entrebâillée de ce sommeil, ou sur la vitre de l'oubli, qu'il faudrait retrouver le souvenir aussitôt aboli de cette silhouette moins floue que les parents proches ou la femme aimée, moins infirme et moins

---

1. La place de la Minerve, à Rome, est occupée en son centre par l'éléphant du sculpteur Le Bernin.

2. *La Femme au portrait* est un film américain de Fritz Lang (*Woman in the window*, 1944).

3. *La Morte amoureuse* est un récit fantastique de Théophile Gautier (1836).

érectile que la poupée d'un peintre moderne[1], moins
ambiguë aussi que les figures de cire, peut-être à cause
des proportions qui font d'elle un fétiche orné d'an-
neaux, de bagues dont le mystère résume le roman de
Crepereia. Mais je m'aperçois que je parle d'elle
comme s'il s'agissait d'une seule personne, alors que
le même nom désigne une morte et sa poupée, son
trésor et son trousseau.

---

1. Allusion à *La Poupée* du peintre Hans Bellmer (1902-1975).

Chronologie

André Breton et son temps

NOUS AVONS CHOISI d'évoquer l'existence d'André Breton (1896-1966) en mettant l'accent sur les années qui précèdent l'écriture de *Nadja*. Des renvois systématiques à l'œuvre ultérieur éclairent l'unité d'une existence gouvernée par le refus de transiger.

1.

Enfance et adolescence

Né en 1896, dans une famille modeste, André Breton semble avoir vécu des années d'enfance et d'adolescence dans un univers terne, gouverné par l'ennui. La banlieue nord de Paris le maintient éloigné de ce qui constitue déjà le centre de son imaginaire : une capitale qui conserve en ce début du XXᵉ siècle la diversité de ses populations, et frémit en chacune de ses rues du «vent de l'éventuel» (*La Confession dédaigneuse*, 1923). La scolarité le mène au collège Chaptal, où — fait exceptionnel pour l'époque — il reçoit une formation moderne, sans latin ni grec. Peut-être est-ce l'origine de son indifférence relative à l'égard de la culture classique, sa rhétorique, sa mythologie et son lien à la spéculation théologique. André Breton conserve, sa vie durant, une prédilection pour l'univers celtique ; le rayonnement culturel de la Méditerranée antique le laisse indifférent, sinon hostile. Son univers n'est pas solaire.

De ces années de formation date une amitié indéfectible avec Théodore Fraenkel (1896-1964), futur médecin, adepte de l'humour noir, qui l'initie alors à la lecture d'Alfred Jarry (1873-1907). Durant la même période, Breton découvre Baudelaire (1821-1867) et Stéphane Mallarmé (1842-1898) et éprouve une forte attirance pour le symbolisme. Ses goûts picturaux le portent déjà vers les figures féminines déifiées de Gustave Moreau (1826-1898) : ces scènes oniriques fascinent l'adolescent qui dira avoir éprouvé devant elles un « choc qui a conditionné pour toujours [s]a façon d'aimer ». De cette époque date probablement le privilège accordé aux peintres qui représentent sur leurs toiles une vision intérieure, dont les métamorphoses se prêtent à une traduction littéraire fabuleuse (*Le Surréalisme et la Peinture*, 1965).

1895	Première projection cinématographique à Paris.
1900	Publication par Freud de *L'Interprétation des rêves*.
1905	Première tentative révolutionnaire en Russie, contre le régime tsariste.
1907	Picasso, *Les Demoiselles d'Avignon*.
1912	Établissement du protectorat français sur le Maroc, à l'exception du Rif qui revient à l'Espagne.
1913	Installation par Ford, dans son usine de Detroit, de la première chaîne de montage.

2.

1914 : une année propice
aux rencontres décisives

L ors d'une rencontre avec le poète Francis Vielé-
Griffin (1864-1937), Breton se voit conseiller la lecture de Victor Hugo (1802-1885). L'œuvre ne cessera
plus d'être admirée ; des références fréquentes évoque-
ront ultérieurement cette constante passion. Mais c'est
la visite à un autre écrivain, Paul Valéry (1871-1945), en
mars 1914, qui infléchit le destin littéraire du jeune
homme de dix-huit ans : l'aîné commente les poèmes
que lui présente Breton, en critique l'allégeance excessive au symbolisme. Une correspondance de plusieurs
années témoigne de ce rôle joué par l'auteur de l'*Intro-
duction à la méthode de Léonard de Vinci* (1895) ; celui-ci
sait reconnaître, dans un poème publié dans la revue
La Phalange, « la fine euphonie, le système précieux des
vers ». On comprend alors que Breton, pour le premier
numéro de la revue qu'il crée en 1919, *Littérature*, ait
sollicité la présence de Valéry au sommaire. En outre,
le silence adopté jusqu'en 1917 par le poète de la nuit
de Gênes (octobre 1892), lors de laquelle il traverse
une crise passionnelle qui l'amène à rompre avec le
genre poétique et à se consacrer au raisonnement dans
ses *Carnets*, acquiert aux yeux du jeune confrère une
dimension héroïque exemplaire. La fidélité à la poésie
trouverait dans le renoncement à l'écriture sa plus par-
faite manifestation... Déjà la vie importe plus à Breton
que l'œuvre et sa consécration.

C'est aussi en 1914 qu'André Breton lit l'œuvre d'Arthur Rimbaud. *La Nouvelle Revue française* de juillet 1914

publie « Trois lettres inédites » du poète des *Illuminations*. Breton trouve là de quoi nourrir sa rêverie sur les
manifestations dans l'existence du génie poétique. Le
poème « Rêve », inséré dans la lettre à Delahaye du
14 octobre 1875, est présenté alors comme le dernier
poème de Rimbaud. Sa lecture constitue pour Breton
une révélation : la multiplicité des voix qui s'y expri-
ment, l'opacité d'un sens qui mêle mystère et cocasse-
rie ouvrent une nouvelle aventure poétique délivrée
des contraintes logiques et formelles. En outre, les
réflexions de Rimbaud, dans ses *Lettres du voyant*, autour
de l'impersonnalité de la voix poétique initient chez
son lecteur éperdu un mouvement de métamorphose
du lyrisme traditionnel.

3.

La guerre : la découverte de la folie
et de la modernité poétique

André Breton avait commencé en 1913 des études
de médecine. Aussi, en 1915, au moment de son
incorporation à l'armée, est-il attaché au service de
santé. Ses affectations successives l'amènent à exercer
au sein d'hôpitaux psychiatriques, peuplés alors de
nombreux soldats rendus fous par le déchaînement de
la violence sur le front. Le jeune homme se passionne
aussitôt pour les études cliniques de cas et découvre
Sigmund Freud et son exploration de l'inconscient par
l'entremise d'ouvrages français qui introduisent cette
pensée révolutionnaire. Or la pensée freudienne arrive
à Breton à travers le filtre de traductions et d'interprétations. De fait, non sans équivoque, c'est en créateur

qu'il reçoit immédiatement la théorie psychanalytique. Il y trouve une incitation à suspendre le contrôle de la conscience pour faire naître des associations verbales inédites. La méthode balbutiante de la cure analytique est ainsi subvertie en source d'inspiration littéraire. Freud restera toujours très sceptique vis-à-vis de cette réception de son œuvre. Le jeune poète refuse d'emblée de prendre en considération la sublimation artistique : ce concept, forgé progressivement par Freud pour désigner la capacité à surmonter les conflits de désirs inconscients dans une œuvre susceptible de produire un plaisir artistique, est passé sous silence. Là se trouve l'origine du malentendu principal du futur surréaliste avec le psychiatre viennois.

Durant les permissions, André Breton lit les œuvres de Pierre Reverdy (1889-1960). La publication dans la revue *Nord Sud* du texte « L'image » (mars 1918) constitue pour le jeune poète un moment fondateur. Pierre Reverdy trouve dans « le rapprochement de deux réalités plus ou moins éloignées » la source de l'image. Il en mesure l'intensité, « la puissance émotive » et la force poétique à « l'éloignement » et à la « justesse » des « rapports des deux réalités rapprochées ». Se fondant sur la définition philosophique kantienne de l'analogie comme « ressemblance de rapports », le poète de *La Lucarne ovale* (1916) offre à André Breton les prémisses de la pensée de l'image que développera bientôt le surréalisme. Celui-ci, cependant, oubliera le contrôle rationnel de la « justesse » du rapprochement, pour privilégier l'extravagance et la surprise : la métaphore du court-circuit sera alors utilisée. Le terme « surprise » est au cœur de l'esthétique moderne telle que Guillaume Apollinaire la définit dans la conférence *L'Esprit nouveau* (1918). Breton rencontre à cette époque le créa-

teur d'*Alcools*, l'ami des peintres cubistes et du Doua-
nier Rousseau (1844-1910). Apollinaire prolonge ainsi
l'initiation picturale de Breton. Mais c'est aussi dans le
poème «Le musicien de Saint-Merry» que se trouve
cette exhortation que le surréaliste suivra bientôt : «Riva-
lise donc poète avec les étiquettes des parfumeurs.» Les
murs recouverts de signes calligraphiés deviennent
autant de sollicitations pour le promeneur; l'écrivain
devrait peupler son texte de signaux équivalents, atti-
rant l'œil du lecteur et captant directement le merveilleux involontaire de la grande ville. Cependant, le
futur auteur de *Nadja* ne partage pas la vision exaltée
d'Apollinaire voyant dans la vitesse et les autres résultats de la science moderne les motifs susceptibles
de nourrir un nouveau lyrisme. Le futurisme italien
qu'Apollinaire a aidé à faire connaître en France sou-
lève chez Breton de profondes réserves : son exaltation
de la guerre et des techniques modernes repose selon
lui sur une vision positiviste de l'Histoire ; cette croyance
en un progrès permanent le laisse sceptique.

Sans doute la lecture des *Poésies* d'Isidore Ducasse,
comte de Lautréamont, découvertes et recopiées *in
extenso* à la Bibliothèque nationale joue-t-elle un rôle
dans cette réticence. L'humour interroge radicalement
toutes les croyances, même modernistes... D'autre part,
Breton découvre dans ces textes un «programme»
méthodique qui l'exalte : l'utilisation arbitraire de la
formule «beau comme» suscite des rapprochements
qui, selon la formule future du premier *Manifeste du surréalisme*, «présentent le caractère d'arbitraire le plus
élevé». La célèbre image de la «rencontre, sur une
table de dissection, d'un parapluie et d'une machine à
coudre» offre à Breton l'exemple de collages imaginaires que, à son instigation, des artistes surréalistes

comme Max Ernst (1891-1976) concrétisent bientôt
(*La Femme 100 têtes*, 1929). De plus, les poèmes de Lautréamont, produits par réécriture systématiquement
parodique de textes empruntés à des moralistes, se
caractérisent par leur mise en cause radicale de l'activité littéraire. Ce soupçon porté sur le sérieux de l'écriture sera amplifié encore par Breton. Il manifeste son
admiration pour la pratique systématique de la négation chez Lautréamont; il cite abondamment son œuvre
dès les premiers numéros de la revue qu'il fonde en
1919 avec Philippe Soupault et Louis Aragon, *Littérature*.
Les études de médecine sont abandonnées au profit de
cet engagement sur la scène littéraire de l'immédiat
après-guerre. Le charisme du jeune écrivain l'amène
insensiblement à devenir l'animateur d'un petit groupe
d'amis désireux de rendre compte dans leurs œuvres
de la mise en cause radicale des valeurs qu'a occasion-
née le conflit mondial.

3 août 1914	Déclaration de guerre du Reich alle-mand contre la France.
1916	Henri Barbusse prix Goncourt pour son roman de guerre, *Le Feu*.
15 mars 1917	Abdication du tsar de Russie Nicolas II devant la révolution.
17 avril 1917	Retour de Lénine en Russie.
11 novembre 1918	Armistice avec l'Allemagne.

4.

1919-1920 : Dada et l'automatisme

De Zurich, le poète Tristan Tzara (1896-1963) envoie à André Breton et à ses amis certaines des publications qui témoignent des activités multiformes de Dada. Ainsi nommé par provocation, ce groupe, vivace à Berlin et à Zurich, tire de la guerre, du démenti cruel qu'elle a apporté aux prétentions civilisatrices de la culture occidentale, un désir de porter la négation dans la moindre des activités intellectuelles. Alliant le scandale à la dérision, Dada entend saper les bases humanistes de la création et souhaite ridiculiser à jamais les générations antérieures de créateurs qui ont cru pouvoir placer dans l'art une confiance démesurée. Les recherches typographiques et visuelles des publications Dada séduisent Breton et ses amis qui accueillent Tzara, à son arrivée à Paris en janvier 1920, comme un remarquable novateur. Mais des conflits de personnalités, associés à la crainte que la négation systématique finisse par épuiser très vite les pouvoirs créateurs, provoquent rapidement des tensions.

C'est cependant durant cette période dadaïste qu'André Breton et Philippe Soupault entreprennent une expérimentation périlleuse : fin avril et début mai 1919, les deux amis se livrent, dans une fièvre mêlée d'angoisse, à l'écriture en alternance d'une série de textes sur lesquels ils s'efforcent tous deux de n'exercer aucun contrôle rationnel. Variant les vitesses d'écriture, soumettant la construction des textes aux analogies produites par la mémoire, l'imagination ou les associations linguistiques, les deux hommes produisent un

document dont la nature et l'allure sont inédites.
L'écriture devient le cheminement vers une matière
inconsciente collective. Mais Breton souligne immédiatement les dangers encourus au cours de cette activité
pleine de ferveur ; il doute également de la possibilité
de reproduire une telle opération qui constitue dès lors
à ses yeux une forme limite de laquelle toutes les activités surréalistes tendront ultérieurement à se rapprocher, selon une courbe asymptotique. Les textes ainsi
produits par l'écriture automatique sont intitulés *Les
Champs magnétiques* ; ils sont publiés à la librairie du
Sans Pareil en 1920. On interprète cette expérience
comme la première manifestation de la soumission surréaliste au hasard et à une démarche erratique. L'errance dans l'espace peut se lire comme la translation
dans l'existence quotidienne de ce désir d'abandonner
le cheminement rectiligne de la pensée. Car Breton et
ses amis se donnent dès lors comme exigence permanente de traquer le «fonctionnement réel de la pensée» (premier *Manifeste du surréalisme*, 1924).

1919   Création par Walter Gropius, à Weimar, de
        l'école du Bauhaus : rationalisation de l'ar-
        chitecture moderne, utilisation de nouveaux
        matériaux.
Avril 1919   Fondation de la Société des Nations
        (SDN), en vue d'une politique de paix.
1920   Congrès de la troisième Internationale
        ouvrière à Bakou, qui se propose d'aider
        les peuples colonisés dans leur lutte d'éman-
        cipation.
Juillet 1920   Les troupes françaises entrent à Damas
        et imposent le mandat français.

5.

1921-1924 : le surréalisme
comme pratique et théorie

L'existence d'André Breton est modifiée en 1921 par une première expérience d'amour-passion ; il se marie immédiatement avec Simone Kahn, aménage un atelier rue Fontaine, en bas de Montmartre. Très rapidement ce lieu se peuple d'objets chinés par le poète, d'œuvres de ses amis, de masques africains, esquimaux ou océaniens. Cette pratique singulière de collectionneur rassemblant sur les murs de son atelier les diverses manifestations disparates de sa curiosité esthétique est centrale. En effet, comme en témoigne le mur reconstitué au Centre Georges-Pompidou, les objets gagnent un pouvoir de fascination à se trouver ainsi associés à des origines et des cultures inconnues : extraits de leur contexte originel, ils entrent en dialogue et paraissent participer à un rituel atemporel. De cette pratique, beaucoup d'écrits de Breton gardent la trace : il n'y a plus de frontière entre les différentes activités artistiques, qui sont toutes des manifestations de la tentative anthropologique d'accéder à un arrière-monde, ce que Breton nomme à partir de 1924 la « surréalité ». On doit conserver à l'esprit cette pratique pour évaluer les textes bretoniens qui ont toujours une nature foncièrement mixte et relèvent avant tout autre genre de l'essai.

Autour d'André Breton et de Simone se forme un petit groupe qui s'adonne, dans l'atelier, à des expériences collectives. Le jeu y a une part essentielle. Faisant fi des préjugés habituels associant cette activité au seul âge de l'enfance, Breton, René Crevel, Robert Des-

nos, Paul Éluard, Max Ernst, Benjamin Péret privilé-
gient le jeu comme activité désintéressée, située sur les
marges de la vie pratique et gouvernée par le seul principe de plaisir. L'hostilité de Breton au travail salarié s'y
manifeste directement, ainsi que son désir de soumettre
le réel à l'enchantement d'une passion permanente.
C'est dans le même état d'esprit que le poète expéri-
mente les séances de sommeil hypnotique, durant lesquelles Crevel et Desnos produisent des textes d'une
inventivité stupéfiante. Toutes ces pratiques sont gouvernées par la volonté d'explorer le fonctionnement
mental dans les conditions les plus diverses. Breton,
défendant l'idée romantique d'inspiration contre les
critiques rationalistes, cherche à promouvoir une plongée dans l'inconscient. Il parie également sur la puissance d'entraînement du langage, dont les virtualités
associatives ont jusqu'alors été insuffisamment exploi-
tées. Ce double dessein se révèle dans les poèmes du
recueil *Clair de terre* (1923), auquel Pablo Picasso parti-
cipe par un portrait. Les textes poétiques en vers libres
jouxtent des récits de rêves et des collages d'éléments
de diverses origines. On doit retenir de cet exemple la
qualité de poète d'André Breton, trop souvent effacée
au profit de son activité de théoricien et de prosateur.
Tous les textes, et singulièrement *Nadja*, doivent être
lus à partir de cette identité protéiforme.

Le recueil de 1923, gouverné par un «je» lyrique
insistant, se livre à la quête de l'Autre, incarné déjà par
la femme; le texte *L'Amour fou* (1937) reviendra sur
cette entière dépossession de soi provoquée par la passion, redonnant, en plein XXe siècle, son actualité à la
fin'amor chantée autrefois par les troubadours. En outre,
Clair de terre recueille le poème «Tournesol», qui projette sur la mystérieuse tour Saint-Jacques le profil de la

fleur ; il s'agit d'une œuvre maîtresse dans la production de Breton. Il reviendra également dans *L'Amour
fou* sur les circonstances qui ont présidé à l'éclosion de
ce poème. Ce trait n'est pas exceptionnel : l'œuvre bre-
tonienne est hantée par quelques images dont le surgissement fut miraculeux ; aussi son développement
est-il moins linéaire que concentrique. Cela explique
que l'auteur puisse, à plusieurs décennies d'intervalle,
parfois, prolonger un texte antérieur, le mettre en résonance avec des circonstances nouvelles. Le statut du
texte surréaliste est foncièrement circonstanciel : l'activité d'écriture n'est légitime que si elle est appelée par
la vie et susceptible de la rejoindre.

La réception du *Manifeste du surréalisme*, en 1924, est
l'objet d'une incompréhension. Un public vaste s'intéresse dès lors au surréalisme, mais il commet parfois
l'erreur de n'y voir qu'une nouvelle avant-garde dési-
reuse de s'imposer sur la scène littéraire et artistique.
Ce dessein n'est pas absent du *Manifeste,* mais ce texte
se veut d'abord préface à un ensemble de proses intitulé *Poisson soluble.* La dimension prescriptive de cette
préface n'est pas, aux yeux de Breton, la plus impor-
tante. Il s'agit de faire le point sur les diverses activités
du petit groupe, d'en clarifier les acquis. En effet, le
terme « surréalisme », emprunté à Apollinaire qui l'avait
utilisé pour définir son drame *Les Mamelles de Tirésias*
(1918), est peu à peu annexé par des écrivains éloignés
du groupe, comme Jean Cocteau ou Yvan Goll (1891-
1950). Le *Manifeste* cherche donc à donner une définition ferme du terme. Breton y est soucieux de relier
la tonalité des textes produits à des enjeux existen-
tiels fondamentaux. Le substantif « surréel » s'entend à
l'époque comme une incitation à explorer le psychisme,
dans sa dimension d'inconnu, en demeurant attentif à

son inscription dans le réel ; Breton se dégage ainsi de la mode contemporaine pour la métapsychologie et les diverses croyances spiritualistes. *Le Manifeste*, en subordonnant le surréalisme à l'étude du « fonctionnement réel de la pensée », fait de l'entreprise collective le moyen de multiplier des documents. Le texte commente de surcroît la définition naguère offerte par Reverdy de l'image et en critique l'intellectualisme : Breton refuse le critère de la justesse et fait dépendre le rapprochement des deux réalités d'une qualité esthétique inconsciente. Il relie ainsi les activités poétiques et plastiques au merveilleux. Celui-ci engage toute l'affectivité et rejoint le mouvement vital. Breton affirme que certains arts populaires, comme le cinéma, le rencontrent fréquemment, parfois à leur insu. Cette réflexion sera reprise par le théoricien en 1936 dans *Le Merveilleux contre le mystère*, qui voit dans le merveilleux le résultat du conflit entre les désirs humains et les moyens dont on dispose pour les satisfaire. Il est notable que cette réflexion est très proche de celle qui s'esquisse autour de la coïncidence dans *Nadja* et qui prendra ultérieurement la forme de la croyance en un « hasard objectif ».

Juillet 1921-mai 1926   Guerre du Rif, au Maroc.

1923   Mise en place, en Espagne, de la dictature du général Primo de Rivera.

Janvier 1923   Occupation de la Ruhr par les troupes franco-belges en représailles du non-paiement des réparations imposées par le traité de Versailles.

Novembre 1923   Échec de la tentative de putsch de Hitler à Munich.

1924   Organisation par André Citroën de la Croisière Noire.

21 janvier 1924   Mort de Lénine.

6.

1924-1928 : l'engagement,
les dissensions internes

À travers ces réflexions sur le merveilleux et les coïncidences se manifeste une tentation de plus en plus forte au sein du mouvement. Ébranlés par la guerre du Rif, Breton et ses amis se persuadent que la révolte intellectuelle qu'ils pratiquent dans leurs créations demeure inopérante si elle ne recouvre pas une dimension politique. C'est le sens qu'il faut donner au titre de la nouvelle revue : *La Révolution surréaliste*, qui paraîtra de 1924 à 1929. Son remplacement par *Le Surréalisme au service de la révolution* sera plus explicite encore. Ce tournant dans la vie de Breton se traduit par un privilège de plus en plus grand donné à la théorisation, au détriment de l'écriture poétique. Ce ne sera qu'en 1932 que paraîtra un nouveau recueil, *Le Revolver à cheveux blancs*. Pendant cette décennie, entrecoupée par l'écriture et la publication de *Nadja*, André Breton tente de maintenir une unité au groupe d'amis initial, traversé par des tensions nées, notamment, du débat autour de l'attitude à adopter à l'égard du parti communiste français. Plusieurs éléments rendent le rapprochement difficile : l'attitude intransigeante du Parti qui, en matière d'esthétique, réclame une entière soumission au réalisme bientôt nommé «prolétarien» s'accorde bien mal aux objectifs surréalistes. En outre, le caractère international, très tôt souhaité par Breton pour son mouvement, va à l'encontre de la stratégie politique nationaliste du parti communiste français. La méfiance de ce dernier à l'égard des intellectuels, d'emblée soupçonnés d'être porteurs de valeurs issues de la bourgeoisie, contribue à ajouter des obstacles à tout rapprochement.

Cependant, l'intuition qui guide Breton est que son exercice de libération des puissances inconscientes porte en lui une dynamique susceptible de bouleverser le monde réel. La dimension politique de la création est donc irrécusable. Les mouvements libertaires de Mai 1968, le situationnisme également se souviendront de cette analyse et reconnaîtront dans le surréalisme un devancier. La dimension utopique du surréalisme rêvé par Breton, offrant à tous l'accès à la création, ne peut que manifester sa haine d'une société qui fait du travail sa valeur première et qui condamne les ouvriers à la répétition indéfinie de gestes mécaniques. Le lecteur de *Nadja* doit se souvenir de la défense constante par les surréalistes de Chaplin, l'auteur des *Temps modernes*.

D'ailleurs, cette tournure idéologique de la pensée de Breton est bientôt confortée par l'analyse des événements contemporains : l'écrivain est sensible, très vite, à l'exploitation que certains régimes autoritaires font des arts pour entraîner les foules dans leurs rituels collectifs. Cette esthétisation du politique pose, dès lors, une question cruciale à André Breton : par quels moyens répliquer à ce dévoiement ? Son intérêt initial pour le mythe, vecteur de croyance populaire, explique sans doute la solution qu'il adopte : « l'occultation », la recherche de nouveaux mythes constituent pourtant des inflexions dont l'efficacité est difficilement mesurable. Au moins André Breton fut-il l'un des premiers à ressentir cette nécessité d'agir contre le mouvement général d'accès au pouvoir du fascisme et du nazisme. Sa prise de position en faveur des peuples indigènes, sa condamnation du colonialisme dès les années 1920 illustrent encore, si besoin était, sa clairvoyance.

1925   Publication par John Dos Passos de *Manhattan Transfer*, vaste roman polyphonique sur New York.

1926   Admission de l'Allemagne à la Société des Nations.

1926   Promulgation en Italie des lois fascistes.

22 août 1927   Exécution aux États-Unis des deux anarchistes Sacco et Vanzetti.

1928   Exil de Trotski exclu du parti communiste soviétique par Staline qui lance le premier plan quinquennal.

Éléments pour une
fiche de lecture

Regarder le tableau

- Observez les objets représentés. Lesquels appartiennent à l'univers moderne ? Lesquels semblent surgis d'une autre époque ? Comment interprétez-vous cette juxtaposition ?
- Quels éléments permettent de repérer le cheminement de la lumière ? Commentez les effets de contraste.
- Les critiques ont parlé de « peinture métaphysique » à propos des œuvres de Giorgio De Chirico. Justifiez cette dénomination. Quels aspects de la toile ne correspondent pas à ce terme ?
- Dans le prologue, André Breton parle de Gustave Courbet. Faites une recherche biographique pour comprendre l'allusion à la chute de la colonne Vendôme. Quelle activité politique est ainsi associée à la peinture de Courbet ?

Le prologue

- Pourquoi l'écrivain désire-t-il prendre la parole avant le commencement des événements qui suscitent son récit ?

- Quels sont les auteurs du passé cités par Breton ? Classez-les chronologiquement. Quel facteur principal dirige le choix de l'auteur ?
- Quel jugement André Breton porte-t-il sur les transpositions du réel auxquelles s'astreignent habituellement les romanciers ?
- Repérez les propos consacrés à la description. Par quoi André Breton souhaite-t-il la remplacer ?

Les photographies insérées dans le texte

- Repérez les différents portraits. À travers l'identité des personnages ainsi photographiés, tentez de nommer les activités artistiques évoquées.
- Quels lieux sont représentés ? Que conclure de la présence majoritaire de la ville ?
- Observez les dessins produits par Nadja photographiés dans le livre. D'après vous, quel est l'effet de leur reproduction ?
- La dernière photographie représente une « plaque indicatrice ». Quel sens peut prendre le nom de lieu (toponyme) à cet endroit du livre ?

Le texte

- Faites le relevé des discours de Nadja rapportés par André Breton. Séparez le discours direct du discours indirect. Comment comprenez-vous la disparition de toute parole de Nadja dans les dernières pages du texte ?
- André Breton s'inspire notamment des comptes rendus cliniques, études de cas de névroses ou psychoses. Quels sont les aspects du texte qui rejoignent ce modèle ?

- Après s'être adressé au lecteur, André Breton clôt son texte en le dédiant à une nouvelle destinataire. Reportez-vous à la chronologie pour l'identifier. Quel est le rôle de cette dernière ? Quel statut le texte acquiert-il dès lors ?
- Le texte inscrit les dates des événements qu'il relate. Quel genre littéraire procède ainsi ?
- Relevez les textes littéraires qui sont cités par Breton. Quelle fonction pouvez-vous accorder à ces échanges avec Nadja autour d'œuvres littéraires ?
- Repérez le passage dans lequel André Breton dit son désintérêt à l'égard de l'accueil que va recevoir son œuvre. Pourquoi, d'après vous, cette relative indifférence ?

La définition de la beauté

- Dans votre lecture de l'œuvre, faites la liste des expressions qui préparent la formule conclusive.
- En vous reportant à un dictionnaire, dites quelles qualités temporelles et spatiales doit acquérir la beauté surréaliste pour être « convulsive ». Quelle analogie est ainsi suggérée ?
- Quelle photographie vous paraît la plus apte à illustrer cette définition ? Justifiez votre choix.
- On vous donne la possibilité d'ajouter un cliché illustrant cette beauté convulsive. Décrivez votre ajout.

Lycée

Série Classiques

Composition Interligne
Impression Novoprint
à Barcelone, le 17 décembre 2013
Dépôt légal : décembre 2013
1er dépôt légal : juin 2007

ISBN 978-2-07-034619-6/Imprimé en Espagne.